KB120137

통한만큼 친해지는 통친력

상사와 무엇으로 통해야 하는가

통한만큼 친해지는 통친력

초판 1쇄 인쇄일 2017년 1월 4일
초판 1쇄 발행일 2017년 1월 16일

지은이 김해원
펴낸이 양옥매
디자인 남다희
교　정 조준경

펴낸곳 도서출판 책과나무
출판등록 제2012-000376
주소 서울특별시 마포구 방울내로 79 이노빌딩 302호
대표전화 02.372.1537　**팩스** 02.372.1538
이메일 booknamu2007@naver.com
홈페이지 www.booknamu.com
ISBN 979-11-5776-362-7(03320)

이 도서의 국립중앙도서관 출판시도서목록(CIP)은 서지정보유통지원 시스템
홈페이지(http://seoji.nl.go.kr)와 국가자료공동목록시스템
(http://www.nl.go.kr/kolisnet)에서 이용하실 수 있습니다.
(CIP제어번호 : CIP2017000090)

상사와 무엇으로 통해야 하는가

통한만큼 친해지는

통친력

通親力

김해원 지음

"기업과 나라의 흥망성쇠가 소통에 달려 있다."

'피할 수 없다면 즐기라'는 말이 있듯이 상사를 스트레스의 주범이라고 피하려들지 말고,
온전히 상사의 속마음에 들어가려고 애써야 한다. 태풍의 중심은 항상 평온하다.

기꺼이 상사라는 태풍의 눈에
들어가야 한다!

책과나무

기꺼이
2인자를 자처하라

사람들은 남을 이끌기를 좋아한다. 남이 시키는 일을 하는 것을 좋아하는 사람은 별로 없다. 또 자기가 하고자 하는 것을 남에게 시키는 것을 좋아한다. 용의 꼬리보다 뱀의 머리가 되려고 한다. 한 번 사는 인생이라면 자기가 하고 싶은 것을 마음대로 해 보고 싶어 하는 본능이 있다.

직장 생활도 마찬가지다. 이왕 하는 직장 생활이라면 자기가 구상하고 계획했던 것을 마음껏 해 보고 싶어 한다. 리더가 되고 선임이 되고 상사가 되어서 자기가 하고 싶은 것을 마음껏 하고 싶어 하는 것이다.

그럼에도 불구하고 상사와 소통하기 위해서는 기꺼이 2인자가 되기를 마다하지 않아야 한다. 남 위에 군림하고 남을 이끌려는 욕심을 가지고 있으면 온전히 상사와 소통할 수 없다. 상사를 넘어서려고 하기 때문에 상사와 갈등을 겪게 될 것이고, 자기가 이익을 봐야 하는 상황이나 상사를 누르고 올라가야 하는 상황에서는 배신과 중상모략도 서슴지 않는 불한당이 되기도 할 것이다.

그러므로 부하가 상사와 소통하기 위해서는 기꺼이 2인자가 되고자 하는 마음을 가져야 한다. 또 자기가 승진하는 것보다 상사가 승진하는 것이 자기가 승진하는 길이라고 생각해야 한다.

사실 직장 생활의 알파이자 오메가는 상사에게서 비롯된다. 즉, 직장인의 운명과 생살여탈권이 상사에게 있다. 그런 상사와 원활하게 소통하는 것은 당연하다.

이 책은 상사와 무엇으로 소통해야 하는가에 대한 키워드를 크게 세 가지로 분류했다. 상사와 원활한 소통을 하기 위해서는 많은 수단과 방법이 있지만, 직장이라는 특수성을 감안해 볼 때 상사와 소통하기 위한 세 가지 핵심 키워드는 '충의'와 '업무', 그리고 '정보'다.

1장에서는 '충의'에 대해 다뤘다. 상사와 소통하기 위해 가져야 하는 마음가짐과 태도에 관한 것이다. 아무리 좋은 소통이라도 상대방에게 불쾌감이나 불신감을 준다면 무용지물이다. 즉, 소통의 시작은 신뢰 어린 충의에 있다. 상사와의 원활한 소통은 상사를 존경하는 마음, 상사를 귀하게 생각하는 마음, 상사를 어렵게 생각하는 마음, 상사에게 배울 점이 많다는 생각으로 접근하는 마음을 아우르는 충의에서 비롯되기 때문이다. 상사에게 충성스러운 자세를 보이는 것이 상사와 원활하게 소통하기 위해서 기본적으로 갖추어야 하는 부하의 자세다.

2장에서는 '업무'를 다뤘다. 이익을 내야 성장과 유지·발전이 가능한 직장의 특수성을 감안하면, 우선적으로 상사와 소통하기 위해서는 업무라는 단어는 빠져서는 안 될 핵심 키워드가 아닐 수 없다. 직장이라는 곳은 놀기 위해서 모인 집단이 아니라, 팀원들이 힘을 모아 기업 경영에 이바지함으로써 이익을 내기 위해서 모인 집단이다. 그 이익은 그냥 얻어지는 것이 아니라 업무를 통해서 얻어진다. 아무리 좋은 관계를 유지하고 있다고 해도 업무를 통해서 이익을 내지 않으면 그 관계는 소원해질 수밖에 없다. 그러므로 업무를 통해서 성과를 내는 좋은 관계를 형성해야 한다.

3장은 '정보'에 관한 이야기를 담았다. 상사와 부하 간에 주고받는 대화 속에는 유익한 정보가 들어 있어야 한다. 틀에 박힌 업무에 관한 정보뿐만 아니라 업무 이외의 정보도 유익한 정보가 되기도 한다. 가끔은 업무적인 이야기가 아닌 색다른 이야기도 할 줄 알아야 한다. 그것은 부하가 상사를 즐겁게 하기 위한 유머가 될 수도 있고, 상사의 기분을 좋게 하는 상사의 관심사가 될 수도 있다.

'충의'와 '업무', 그리고 '정보'는 상사와 소통할 수 있는 최상의 무기다. 충의가 없는 업무 수행은 상사의 심기를 불편하게 하고, 상사의 자리를 넘본다는 오해를 받을 수 있다. 업무를 잘해서 성과를 내도 자신의 승진을 위해서 일을 한다는 오해를 받을 수 있다는 것이다. 또 업무를 수행하지 않는 충의는 밥값도 하지 못하는 어림 반 푼어치도 없는 부하로 오해받을 수 있다. 그러므로 충의만 가지고 상

통한만큼 친해지는
통친력

사를 대하는 것은 옳지 않다. 업무에서 성과를 내면서 충심을 발휘해야 한다. 아울러 상사에게 유익한 정보를 제공하면서 그 연결 고리를 더욱 굳건하게 해야 한다.

어찌 보면 충의와 업무로 상사와 소통하는 것은 큰 돌로 신뢰의 담장을 쌓는 것에 비유할 수 있다. 그 큰 돌 사이에 생기는 빈틈을 채워 주는 작은 돌이 정보다.

모쪼록 이 책을 통해서 상사와 친해지고 상사로부터 인정받는 부하 직원이 되기 바란다. 아울러, '충의'와 '업무', 그리고 '정보'로 소통의 힘을 기른다면 단순히 직장 생활뿐 아니라 일상생활을 하는 데에도 많은 도움이 될 것이다.

기업교육전문가 김해원 작가

(해원기업교육연구소 대표)

직장인 팔로워십 II

통한만큼 친해지는
통친력

목 차

상사와 무엇으로 통해야 하는가?
"충의 · 업무 · 정보"로 소통하라!
"기업과 나라의 흥망성쇠가 소통에 달려 있다."

1. 충의忠義로 소통하라

2. 업무業務로 소통하라

3. 정보情報로 소통하라

직장인 팔로워십 II

통한만큼 친해지는

통친력

1.

충의忠義로
소통하라

상사의 참을성에도 한계가 있다
상사를 본보기로 삼아라
상사는 조직이 만든 신인류다
인정받은 후 상사에게 조언하라
검손한 부하가 상사를 매료시킨다
상사의 도움이 필요하다고 말하라
상사의 동료도 상사처럼 대하라
상사의 당부 사항이라고 말하라
상사를 가이드하라
상사의 측면에 앉아라
상사 관리 특별 주간을 만들어라
토사구팽을 당연하게 받아들여라
상사에게 영광을 돌려라
다른 사람들에게 상사를 자랑하라
상사가 하나를 원하면 둘 이상을 주어라
근태는 상사에게 미리 보고하라
상사가 휴일에 출근하면 출근하라
승승을 도모하라
상을 받을 자리에 빠져도 서운해하지 마라
상황은 언제든 변한다
상사가 등용하지 않아도 서운해하지 마라
상사의 사적인 것은 손대지 말라
리듬을 타라
상사가 없다고 들뜨지 말라
눈치껏 하라
긴장의 끈을 놓지 마라
직장의 충의지사가 되어라
허세 부리다 큰코다친다

상사의 참을성에도
한계가 있다

상사의 지시 사항에 대해서는 즉시 응답해야 한다. 제일 좋은 것은 상사의 지시 사항을 수행하는 과정에서 중간에 상사의 의향과 더불어 자기가 하고 있는 방향이 올바르게 가고 있는가를 물어서 자료를 만드는 것이다. 자칫하면 기껏 해놓고 상사가 원하는 결과가 아닌 엉뚱한 결과가 도출될 수 있기 때문이다. 그러므로 상사의 지시 사항에 대해서는 늘 심사숙고하고, 상사가 원하는 방향으로 업무가 이뤄지도록 수행해야 한다. 또한 경영 환경이나 주변 정세의 변화로 인해 하지 않아도 되는 일이 될 수도 있기 때문에 중간보고를 통해 수정 검토 지시를 받으며 업무를 처리해야 한다.

상사와 원활하게 소통하기 위해서는 업무를 보고하는 과정에서 상사와 소통하는 것이 가장 이상적이다. 그런데 문제는 상사의 지시 사항에 대해 어떻게 해답을 구해야 하는지를 모를 때다. 간혹 상사의 지시 사항에 대해서 다소 늦장 부리며 차일피일 미루다 보면 우선순위에서 밀려, 상사가 지시한 기한을 훌쩍 넘겨 버리는 경우가 있다. 그럴 때에는 어떻게 해야 하는가?

　아무리 상사와 원활한 대인 관계를 구축하고 있다고 해도, 일을 펑크 내면 상사와 부하 간의 갈등은 심화되기 마련이다. 사적으로 생기는 갈등은 어느 정도 시일이 지나면 크게 문제가 되지 않지만, 회사에서 상사와 일에 대한 약속은 어떤 형태로든 다른 일에도 영향을 주기 때문에 상사와 약정한 보고 기한을 넘기지 않도록 관리해야 한다. 업무적 미스로 인해 조직의 업무가 마비되거나 모든 공정이 지체되는 등 전반적으로 업무에 지장을 초래할 수 있기 때문이다.

　또 상사와 원활하게 소통하기 위해서는 상사에게 신뢰를 보여야 한다. 업무의 진전과 성과를 보고하는 것도 중요하지만 우선적으로 가장 중요시해야 할 사항은 상사가 내린 지시 사항을 빨리 처리하여 보고하는 것이다. 그것이 상사에게 인정받는 부하 직원이 되는 기본적인 업무 자세다. 그렇지 않고 슬슬 상사를 피하거나, 시간이 지나면 상사가 지침을 내린 것을 잊어버릴지도 모른다는 생각으로 지체하는 사람이 있는데, 그것은 상사와 불신의 벽을 만드는 것과 같다.

　상사의 능력 중 하나는 부하에게 지시한 것을 기억하는 능력이다. 그러므로 상사에게 지시받은 사항을 망각하면 그것이 상사의 기억에 누적되어 상사에게 불신자로 낙인이 찍힐 수 있으므로 주의해야 한다.

　가장 이상적인 경우는 상사가 지시를 내린 사항에 대해서는 이유 여하를 막론하고 즉시 응답하는 것이다. 상사는 이미 모든 것을 알고 지시를 내린다. 부하 직원이 어떻게 하는지를 보기 위해 그러한 지시를 내리는 것이다. 일의 결과가 중요한 것이 아니라 부하 직원이 자신의 지시에 대해 어떻게 대응하는지를 보기 위한 경우도 있다. 그러므로 무조건 상사의 지시 사항에 즉각 반응해야 한다.

자칫 상사가 내린 지시 사항을 수행하지 않았는데 공교롭게도 그로 인해서 업무에 차질이 생겨 큰 손실이 발생한다면, 그에 대한 책임을 전적으로 감수해야 하는 문제가 파생된다. 그러므로 상사의 지시에 대해서는 긍정적으로 반응해야 한다. 즉, 자기 입장에서 기한을 정하는 것이 아니라 상사의 입장에서 기한을 정해야 한다.

상사는 부하에게 지시를 내린 후 부하가 약정한 기한을 넘겨도 어느 정도는 참는다. 그런데 상사의 참을성도 한계를 넘어서는 경우가 있다. 그러므로 상사의 인내심이 한계를 넘어서지 않도록 현재 수행하고 있는 업무의 중간 과정을 상사에게 즉시 보고해서 상사와 좋은 관계를 이어 가는 것이 좋다. 상사와 이어 온 좋은 관계가 그런 사소한 것으로 인해 좋지 않은 관계로 치달아서 좋을 것은 하나도 없다.

상사와 꼭 얼굴을 대면하고 소통하는 것이 원활하게 소통하는 방법은 아니다. 상사와 서로 심적으로 걸리는 것이 없어야 한다. 상사의 입장에서는 본인이 내린 지시 사항을 수행하지 않는 부하를 보면 별로 기분이 좋지 않을 것이다. 또 부하 직원의 입장에서는 상사에게 지시받은 사항을 수행하지 않아 마음이 불안할 것이다. 그러한 장애물이 있으면 원활하게 소통할 수 없다. 서로 원활하게 소통하기 위해서는 서로의 마음에 장애가 없어야 한다. 상사의 인내심이 한계를 넘어서기 전에 지금 이 순간 상사에게 지시받은 것들 중에서 아직도 수행하지 않았거나, 보고하지 않는 것이 있다면 지금 당장 그 자초지종을 보고하자. 그러면 그로 인해 상사와 소통의 물꼬가 확 트일 것이다.

상사를
본보기로 삼아라

사람에게는 자기가 아는 것을 다른 사람들에게 알려 주고 싶어 하는 본능이 있다. 또 성공한 사람들은 자기가 이룬 지식과 경험을 다른 사람에게 전파하는 것을 좋아한다. 사람은 피동적으로 다른 사람에게 교육을 받으려고 하기보다는 자기가 아는 것을 다른 사람에게 가르치는 것을 좋아한다. 이런 원리를 상사와 소통을 하는 데에 활용해야 한다.

상사와 원활한 소통을 하기 위해서는 상사를 자신의 본보기로 삼아야 한다. 또한 상사를 자기 인생의 롤 모델로 삼았다는 것을 은근히 다른 사람들에게 알려서 그 상사의 귀에 들어가도록 해야 한다. 그러면 상사는 당신을 아주 특별한 사람으로 대우할 것이다.

자신을 롤 모델로 삼고 있기에 그 부하 앞에서는 항상 본보기를 보여야 한다고 생각할 것이고, 자기가 이뤄 온 성공의 금자탑이 자기 부하에게 삶의 본보기가 된다는 사실을 무척 자랑스럽게 여길 것이다. 자신을 롤 모델로 삼는 부하를 함부로 대하는 상사는 없다. 아마도 그 부하에게 자신이 가지고 있는 노하우를 아낌없이 알려 주려고 할 것이다. 또한 그 부하가 잘못하고 있다면 자기가 손수 지도해서 올바른 길로 인도하려고 할 것이다.

　누군가를 보살핀다는 것은 아무런 대가를 바라지 않으면서 희생하고 봉사하고 헌신하는 것이다. 마찬가지로 상사 역시 자기를 롤 모델로 생각하는 부하 직원을 제자로 인식하게 되고, 다른 사람보다 더 올바르게 성장하기를 바라는 마음을 가진다. 그래서 가능한 한 좋은 것을 가르치려고 하고 혹독한 훈련을 통해서라도 그 사람을 본인에 버금가는 좋은 사람으로 성장시키려는 생각을 가진다.

　그런 가운데 서로 소통하고 함께 성장하는 것이다. 상사는 자신을 가르치는 스승이기에 그 상사로부터 많은 것을 배워야 한다고 생각하면, 서로 가르치고 배우는 도반(道伴)이 될 것이다.

　사람과 사람의 관계 중 가장 좋은 관계는 서로 배우고 익히는 도반의 관계다. 스승과 제자의 관계가 가장 오래가고, 가장 이상적인 관계다. 그런 관점에서 볼 때, 상사를 스승이자 자기 삶의 롤 모델로 삼는 것은 꿈과 희망과 비전이 되는 사람과 함께 생활하는 것이라고 볼 수 있다. 상사를 통해 자신의 미래를 꿈꾸고 흠모하고 존경하면서, 그 상사의 일거수일투족에 관심을 가지는 부하 직원을 싫어하는 상사는 없다.

　사람이 사랑을 하게 되면 그 대상을 바라보는 눈빛이 달라진다. 또 누군가를 존경하고 흠모하고 자신의 푯대와 우상으로 삼게 되면 그 대상을 바라보는 눈빛이 특별해진다. 상사는 자신을 본보기로 삼고 우상으로 생각하며, 이상향으로 바라보는 부하 직원의 눈빛에 호감을 느끼게 된다. '같은 값이면 다홍치마'라는 말처럼 같은 부하라도 자신을 흠모하고, 자기의 일거수일투족에 관심을 가지며, 자기를 우상으로 여기는 부하에게 더 특별한 정을 느끼게 될 것이고, 그런 부하를 가능하면 요직에 두려고 할 것이다. 그로 인해서 상사를 측근에서 보필할 수 있고, 원활하고 오래가는 소통을 나눌 수 있다.

아울러 상사를 본보기로 삼았다면 상사에 대해 공부해야 하고, 상사의 외적인 행동만 배우려고 하기보다는 상사의 인생관과 철학, 이념, 가치관도 함께 배워야 한다. 우리는 자신의 이념과 철학을 함께 나누는 사람에게 호감을 갖게 되고, 그런 사람과 함께 있으면 시간 가는 줄 모르게 이야기를 나눈다. 왜냐하면 서로의 관심사와 특정한 대상을 바라보는 관점과 이념이 같기 때문이다.

상사와 부하가 스승과 제자로 지내면서 상호 동반성장하는 사이라면 오래도록 원활한 소통을 나눌 수 있을 것이다. 상사의 입장에서는 부하를 가르쳐야 한다는 생각으로 인해, 그간 놓았던 학습의 끈을 다시금 다잡아 학습하면서 부하를 가르치려고 할 것이다. 자기가 아는 것을 타인에게 가르치는 것은 다른 문제다. 아무리 잘 알고 있다고 해도 타인을 이해시키고 가르치는 기술이 미숙하면 아는 것을 상대방에게 전달할 수 없다. 즉, 자기 나름으로 학습해야 하고 가르치는 방법도 몸에 익혀야 한다. 그 과정에서 상사가 성장하고, 부하 직원도 그런 상사의 가르침에 힘입어 성장할 것이다.

이처럼 서로 오래가는 소통을 나눌 수 있는 관계는 승승 관계다. 어느 한쪽이 편파적으로 이익을 얻거나 손해 보지 않고 둘이 함께 동반성장하고 승승하는 관계가 가장 좋은 관계다.

　원활한 소통에는 원활한 관계라는 의미가 내포되어 있다. 사람이 상호 원활한 관계를 형성하기 위해서는 서로가 서로에게 이익이 되어야 한다. 만날수록 손해를 보고 얻는 것이 전혀 없다면 그 관계는 오래가지 못한다. 마키아벨리의 『군주론』에서 말하듯 사람은 이익에 의해 움직인다. 그러므로 만나면 서로가 서로에게 이익이 되어야 한다. 새로운 뭔가를 배우고 자기가 성장하고 있음을 느낀다면 그 관계는 더없이 오래도록 유지될 것이다. 상사와 부하의 관계도 예외는 없다.

상사는 조직이 만든
신인류다

상사와 원활하게 소통하기 위해서는 때로는 상사를 알려고 하지 말아야 한다. 그냥 상사를 상사 그 자체로 이해하고 받아들여야 한다. 상사는 새로운 인류다. 상사는 단순한 인간이 아니고 조직의 인간이다. 극단적으로 말해서 상사를 인간이 아니라고 생각해야 한다. 이 말인즉, 상사를 인간적으로 이해하려고 하지 말라는 것이다.

상사는 인간으로서 희로애락을 가지고 있지만, 조직의 목표를 달성하기 위해 정에 이끌리지 않는 냉엄하고 냉혹한 사람이다. 또 어떤 경우에는 분명히 하라고 지시를 내려놓고 변덕스럽게 언제 자기가 그런 말을 했느냐면서 반색하는 경우도 있다. 부하 직원은 상사의 지시에 의해서 업무를 수행했는데, 결과가 좋지 않으니 자기가 지시한 것이 아니라고 말하는 경우도 있다. 그야말로 적반하장이고 닭 잡아먹고 오리발을 내미는 형국과 같다. 그럼에도 불구하고 부하는 그런 상사에게 대꾸를 하지 말아야 한다. 그냥 상사는 그런 존재라고 생각하며, 이해하려고 하지 말고 사실 그대로 받아들여야 한다.

변덕이 심해서 이랬다저랬다 하고 자기가 내린 지시 사항이 잘 기억나지 않는다면서 책임을 회피하더라도, 그런 상사도 있다는 생각으로 기꺼이 감수해야 한다. 그렇지 않고 상사답지 못하다고 말을 하거나, '상사인데 어찌 그렇게 할 수 있단 말인가?' 혹은 '어찌 그런 리더가 뻔뻔하게 조직을 다스린다는 말인가?' 하는 생각을 하면 자기만 힘들어질 뿐이다. 그러므로 그냥 순순히 받아들여야 한다. 왜냐하면 상사는 인간이 아니라 조직이 만들어 낸 괴물이기 때문이다.

특히 조직원들과의 관계적인 측면보다는 조직의 성과 위주로 업무를 하는 상사라면 더 그러한 성향이 농후하다. 상사가 그러는 이유는 조직원보다는 조직의 성과를 먼저 생각하기 때문이다. 즉, 부하 직원을 사람으로 보지 않고 조직의 목표 달성을 위한 도구의 하나로 본다는 것이다. 상사는 조직이 만들어 낸 인조인간이며, 상사가 그런 언행을 하는 것은 조직을 위해서 어쩔 수 없는 선택이라고 생각해야 한다.

정히 힘들면 조직 안에서 상사와 대화를 하려고 하지 말고 조직 밖 제3의 지역에서 상사와 인간적으로 이야기를 해야 한다. 그러면 상사와 더욱 친근한 생활을 할 수 있고, 마음속에 담아 두었던 못다 한 이야기를 하면서 운우의 정을 나눌 수 있을 것이다. 또 그리하면 더없이 그 순간이 진한 감동으로 느껴질 것이다. 왜냐하면 상사로서 일할 때는 조직의 인간이지만, 조직을 떠나 순수한 인간의 자리에 있으면 누구보다 더 인간적인 사람이기 때문이다. 또 상사 역시 그런 부하 직원의 자리를 거쳐 상사에 오른 것임을 알아야 한다.

사실 상사는 외롭고 힘들다. 인간적인 정으로 다가서면 부하들이 결정적인 순간에 상사의 명령을 거절할 수 있기 때문이다. 그러므로 상사는 악하고 독한 사람이 되어야만 한다는 사실을 알고 때로는 상사를 향한 측은한 마음을 가지고 상사를 보필하며 상사와 소통해야 한다. 그러면 어느 순간 조직에서 일을 하면서도 상사가 가슴이 따뜻하고 감정도 풍부하며 인정이 넘치는 사람이라는 것을 발견하게 될 것이다.

인정받은 후
상사에게 조언하라

　조직 생활을 하다 보면, 툭하면 상사에게 불평불만을 토로하는 사람이 있다. 오늘은 뭐가 안 되어서 문제가 많다고 말하고, 내일은 이런 문제가 있어서 일을 하지 못하겠다고 핑계나 변명을 일삼는 사람도 있다. 상사는 그런 사람들을 제일 싫어한다. 상사가 함께하고 싶지 않은 부하로 손꼽는 대표적인 유형이 바로 그런 부하다. 상사와 원활하게 소통하기 위해서는 이처럼 말끝마다 불평불만하는 부하가 되지 말아야 한다. 아울러 매사 긍정적으로 말하고, 불평불만이 있으면 그에 따른 해결 방안을 마련해서 상사에게 건의해야 한다.

　일을 하다 보면 자기의 생각과 전혀 다른 방식으로 일을 처리해야 하는 경우도 있고, 때로는 전혀 상식적이지 않은 이상한 일을 해야 하는 경우도 있다. 그때는 상사에게 우선 건의해서 그것을 개선하고 당장 시정하려고 하기보다는, 자기 스스로 그러한 문제를 해결하기 위해서 노력해야 한다.

　'선(先)조치 후(後)보고'라는 말이 있다. 군대에서 상관에게 보고하기 전에 먼저 자기가 알아서 조치하고, 결과를 나중에 보고하는 것이다. 일례로 초병이 간첩을 발견했을 땐, 먼저 사살하거나 포획하고 나서 상관에게 보고해야 한다. 이와 마찬가지로 조직 생활을 하면서 문제가 발생하면 그것을 먼저 해결하려고 노력해야 한다. 그래서 자기 힘으로 어느 정도 해결 가능한 것은 해결하고, 상사의 도움이 필요한 경우에는 상사의 힘을 빌려 그러한 문제를 해결해야 한다.

그런데 그렇지 않고 처음부터 작은 문제를 마치 큰 문제인 양 침소봉대(針小棒大)하여 상사에게 건의하고, 자기가 능히 해결할 수 있음에도 손가락 하나 까딱하지 않고 문제가 있다고 소란을 피우는 직원도 있는데, 상사는 그런 직원을 제일 싫어한다. 해결 방법도 없으면서 문제만 말하는 문제 있는 부하 직원이 되지 말자.

그렇다면 어떤 직원이 상사에게 인정받고 상사가 함께 소통하고 싶어 하는 성향을 가진 부하 직원인가? 상사가 제일 좋아하는 부하 직원은 문제가 있을 때 스스로 해결하고, 그 결과를 나중에 보고하는 부하다. 또, 혼자서 해결할 수 없는 문제는 상사에게 도움을 청하여 함께 좋은 아이디어를 창안하여 문제를 해결하는 부하다. 그러므로 문제가 발생하면 가장 먼저 그 문제가 생기게 된 근본 원인은 무엇이고 그것을 해결하기 위해서는 어떻게 해야 하는가 등 문제에 따른 해결 방안을 마련해서 상사에게 보고하고 지원을 요청해야 한다. 상사는 그런 부하와 소통하기를 원한다.

아울러 현상 및 문제점에 따른 원인과 대책 방안을 정리하여 상사에게 특별 보고를 해야 한다. 상사는 그런 부하 직원과 소통하고 싶어 한다. 그냥 문제만 나불대면서 입으로만 일하는 부하는 상사의 머리에 쥐가 나게 하는 부하다. 그러므로 늘 상사의 심기를 편안하게 한다는 생각으로, 문제가 발생되면 먼저 나서서 해결하려는 선(先)조치 후(後)보고형 부하 직원이 되도록 노력해야 한다.

또한 상사에게 무엇인가를 건의하고, 개선 사항을 요청해야 하는 경우에는 먼저 상사에게 신뢰받은 후에 실행해야 한다. 그렇지 않고 밑도 끝도 없이 상사에게 개선해야 한다고 조언하는 것은 상사에게 항의하는 것 같은 느낌을 갖게 하고, 불만이 있어 부정적인 메시지를 전하는 것이라는 오해를 사게 된다. 마찬가지로 상사 역시 부하에게 업무 지시를 내릴 때에는 부하에게 상사로서 인정을 받고, 어느 정도 친분이 형성된 후에 내려야 한다. 그렇지 않으면 부하 입장에서는 상사가 자신을 일부러 힘들게 하려고 업무를 많이 준다고 생각한다.

이유 여하를 막론하고 사람은 자기에 대해 혹은 자기와 연관된 업무에 대해 좋은 말을 하고 긍정적인 말을 해 주는 사람을 좋아한다. 상사도 마찬가지다. 이왕이면 부하 직원에게서 자기가 관리하는 조직이 잘된다는 말을 듣고 싶어 한다. 물론 겉으로는 조직의 발전을 위해 조직 내 산재된 문제점을 발굴하여 개선하자고 말하지만, 잘하는 것은 말을 하지 않고 문제점만 말하면 상사가 싫어한다는 것을 알아야 한다. 자기가 관할하는 구역에 문제가 있다고 떠들어 대는 부하 직원을 곱게 보는 상사는 없다. 그럼에도 불구하고 상사는 자기 조직의 문제점을 해결해야 한다는 것을 알기에 그러한 말을 하면

관심을 가지고 주의 깊게 들어 준다.

　그런 상사에게 대책 없이 계속 문제점만 드러낸다면, 아마도 상사는 무척이나 기분 나빠하며 그 부하 직원과는 향후 어떠한 이야기도 하지 않으려고 할 것이다. 만날 때마다 문제점만 제시하고 투덜대면서 조직 분위기를 부정적으로 이끌기 때문이다. 그런 부정적인 말을 하는 사람과 함께 있으면 자신도 부정적인 사람이 되어 가는 듯한 느낌을 받는다. 또한 문제점만을 지적하는 사람은 평소 업무적인 측면뿐 아니라 다른 측면에서도 문제점만을 이야기한다.

　유유상종(類類相從)이라는 말이 있듯이 사람은 서로 비슷한 성향을 가진 사람끼리 만난다. 자석은 다른 극을 끌어당기고 같은 극을 밀지만, 사람은 같은 성향을 가진 사람끼리 무리를 이루려는 속성이 있다. 근묵자흑(近墨者黑)이다. 그러므로 가능한 긍정적인 사람이 되자. 문제를 보기 전에 희망을 보고, 문제를 거론하기 전에 실행 가능한 대안을 마련하여 문제를 해결하려는 노력을 하자. 그것이 조직의 지속적인 성장과 혁신을 이끄는 원동력이다.

　소통에 단연코 일방통행은 없다. 소통은 청자와 화자, 즉 말을 듣는 자와 말을 하는 자, 상사와 부하, 즉 업무를 지시하는 자와 지시된 업무를 수행하는 자가 일심동체가 되어 가는 여정이다. 새가 날개 한쪽으로는 날지 못하듯이 소통에 있어서도 일방적인 의사소통은 불통의 원인이 된다. 그러므로 상호 쌍방향으로 소통해야 한다.

겸손한 부하가
상사를 매료시킨다

사람들은 겸손한 사람을 좋아한다. 반면에 자기보다 잘나가고 자기보다 서열이 높은 곳에 있는 사람을 시기하고 질투한다. 특히 자기와 동등하게 생활하던 사람이 뭔가 특별한 행운을 얻으면 그것을 끌어내리기 위해 온갖 중상모략이나 비방을 일삼는 사람을 싫어한다. 또 높은 자리에 오른 것은 극히 비정상이고, 비도덕적인 방법에 의한 것이라고 폄하하는 사람을 극히 싫어한다.

그런 반면에 아무리 높은 곳에 있고 잘나가더라도 상대를 존중해 주고, 본인의 위치를 낮추고 배려하는 사람을 좋아한다. 그 사람을 나쁘게 보는 것이 아니라 존경하고 궁합이 잘 맞는 사람, 혹은 자기와는 잘 지낼 수 있는 사람이라고 말한다. 결과적으로 사람이 사람을 미워하고 시기하는 것은 자기보다 잘나고 높은 곳에 있어서가 아니라 자기에게 잘하는지 혹은 자기에게 관심을 가지고 있는지, 자기를 존중하고 아껴 주는지에 있다.

나무에 높이 올라간 원숭이가 치부를 많이 드러내기 마련이다. 마찬가지로, 권력이나 돈을 가지고 있을 때 치부가 쉽게 드러난다. 그래서 그 사람의 본성을 알기 위해서는 그 사람에게 돈과 권력을 쥐어 주라고 말한다. 돈과 권력이 있으면 자만하게 되고 그로 인해 실수를 하는 것이 인간의 본능이기 때문이다.

그러므로 조직 생활을 포함하여 어디에서 무엇을 하든 항상 겸손한 마음을 지녀야 한다. 특히 상사와 함께 생활하며 교류가 활발해지면 자기도 모르게 자만하는 경우가 있다. 또 시일이 지나면 지날수록 경력이 축적되어 하는 일에 익숙해지고 모든 것이 자기의 시야에 들어오게 되는데, 그런 시점에는 더 조심해야 한다. 자칫하면 그 시점에 자만해서 결국 크게 실수할 수 있기 때문이다.

사람들은 겸손한 사람을 좋아한다. 남보다 항상 낮은 곳에 거(居)하여서 다른 사람을 이해하고 공감하며 존경과 사랑으로 배려하는 사람이 겸손한 사람이다. 겸손한 사람은 말을 하면서 다른 사람의 말을 들을 수 없다는 것을 알기에 항상 침묵하고 있는 상태에서 상대의 말을 잘 들어 준다. 즉, 경청의 달인이다.

또한 사람들은 모든 것을 양보하는 마음이 가득한 사람을 좋아한다. 특히 다른 사람에게 인정받고 남이 알아주는 높은 자리일수록, 자기가 나서기보다 다른 사람을 먼저 세워 주는 사람을 좋아한다.

공자가 『논어』에서 '무릇 다른 사람보다 먼저 높은 곳에 오르기 위해서는 다른 사람이 자기보다 더 높은 곳에 이르도록 해야 한다.'고 했다. 또한 '남이 나를 알아주지 않는 것을 서운해하지 말고 자신이 인정받을 만한 사람이고, 자기가 다른 사람을 알아주는가를 먼저 생각해야 한다.'고 말했다. 이 말은 결국에는 자기 자신을 낮춰야 한다는 말이며, 이것이 곧 겸손이다.

사실 조직을 이끄는 것은 상사지만 정작 조직이 유지되는 것은 묵묵히 제자리를 지키면서 겸손하게 자기 역할과 책임을 다하는 사람들이 있기 때문이다. 조직이 유지되고 움직이는 것은 결국 그런 사람들이 뿌리를 내리고 있기에 가능하다. 그런 사람으로 인해 교만한 사람이 조직을 위태롭게 하더라도 조직이 유지되는 것이다.

그러므로 상사를 보필하고 오래도록 상사와 원활하게 소통하기 위해서는 겸손한 사람이 되어야 한다. 상사에게 인정받고 조직에서 힘을 가지게 되고 조직의 중심에 서 있다고 해서 자만하지 말아야 한다. 알아도 아는 척을 하지 말아야 하고, 잘할 수 있어도 섣불리 상사보다 먼저 나서지 말아야 한다. 말 그대로 찬물도 위아래가 있는 곳이 조직이다. 부하가 상사의 허락 없이 제멋대로 하는 것을 좋아하는 상사는 없다.

어느 곳에 가든 상사가 있다. 조직은 그 상사의 영향력 안에서 돌아가야 한다. 자기 마음대로 할 수 있는 직장이 많지 않다. 아니, 조직이나 직장은 항상 상사라는 벽이 있기 마련이다. 어떤 경우에도 상사가 쳐 놓은 영향력의 벽을 넘지 않아야 한다. 그 벽을 넘을 수 있는 유일한 마스터 키는 바로 '겸손'이라는 키다. 상사가 쌓아 놓은 장벽을 아무런 저항 없이 안정되고 원만하게 넘을 수 있는 것은 겸손밖에 없다. 그러므로 겸손한 사람이 되어야 한다.

상사의 도움이
필요하다고 말하라

　상사와 원활한 소통을 하기 위해서는 상사에게 "나는 당신의 도움을 필요로 합니다. 나에게는 힘이 없어서 당신의 힘이 있어야 합니다. 당신의 힘을 저에게 주어야 그 힘으로 제가 다른 힘을 발휘할 수 있습니다."라고 자주 말해야 한다.

　일반적으로 사람은 자기를 필요로 하는 사람이나, 도움을 요청하는 사람, 혹은 자기에게 도움을 주는 사람의 말에는 보다 적극적이고 자발적으로 지원해 주고자 하는 욕구가 있다. 또 자기가 성공하고 권력을 가지고 있으면 그것으로 다른 사람에게 도움을 주고 싶어 하는 속성도 있다. 상사는 자신이 가진 권력을 이용하여 도움을 줌으로써 그것을 타인에게 과시하려는 마음이 있기 때문에, 일부러라도 청원하여 상사로 하여금 인정의 나르시시즘을 느끼게 하는 것이 좋다. 이것도 상사와 원활하게 소통을 하는 데에 꼭 필요한 태도임을 알아야 한다.

　상사의 입장에서는 부하 직원이 조직을 위해 헌신적으로 일하고 싶으나, 그러지 못한다는 생각에 도움을 주고 싶어 할 것이다. 어찌

통할만큼 진해지는
통친력

되었든 부하 직원 개인의 영달을 위한 것이 아니라, 조직과 상사를 비롯한 공동의 이익을 위해서 자기에게 힘을 보태 주고 자기의 바람막이가 되어 달라고 하는데 그 어느 상사가 이것을 싫어하랴.

아마도 그런 말을 들으면 상사의 입장에서는 자신에게 도움을 요청하는 부하 직원이 기특하게 보일 것이고, 그런 부하 직원과 더 많은 이야기를 나누고 싶어 할 것이다. 조직의 일을 마치 자기 일처럼 생각하고, 상사가 해야 하는 일을 마치 자기 일처럼 하는 부하 직원을 좋게 생각할 것은 지극히 자명하다.

그러므로 상사와 원활하게 소통하기 위해서는 일부러라도 상사에게 도움이 필요하다고 말해야 한다. 그러면 상사는 분명히 보다 적극적으로 지원해 줄 것이다. 자신이 해야 하는 당연한 일을 부하 직원이 알아서 해 준다니 얼마나 좋아하랴. 바로 이러한 생각을 가지고 업무를 해야 한다. 그러면 상사는 그 부하 직원에게 다양한 정보를 제공할 것이다. 또한 그 부하 직원을 볼 때마다 믿직하고 든든하다는 생각을 하게 될 것이다. 그런 부하 직원이 되어야 상사와 상호 원활하게 소통하는 관계가 형성된다는 것을 알아야 한다.

상사는 자기가 가지고 있는 권력이 얼마나 효과가 있고, 자기가 가진 칼이 어느 정도 힘을 발휘할 것인가를 테스트하고 싶어 한다. 그러한 상사의 욕구와, 상사와 더욱 친밀하게 공조하여 원활한 소통을 하고 싶어 하는 부하 직원의 욕구가 만나는 교점이 바로 부하 직원이 상사에게 도움을 청하는 것이다.

우는 아이에게 떡 하나라도 더 주게 되어 있다. 상사의 힘을 빌릴 수 있다면 최대한 빌려야 한다. 거인의 어깨 위에 오를 수 있다면 그 어깨 위에 올라야 한다. 그래서 그것을 성장의 지렛대로 삼아, 성공적인 직장 생활을 할 수 있는 교두보를 확보할 수 있다면 그렇게 해서라도 기반을 다져야 한다.

상사의 동료도
상사처럼 대하라

  상사의 친구나 지인을 대할 때에도 상사를 대하는 것처럼 해야 한다. 어떤 직원의 경우에는 자기 상사만 상사로 대접하고 상사의 다른 동료는 달리 예우하거나, 상사의 동료와 사적으로 친하다는 이유로 그들에게 말을 함부로 하는데 그것은 큰 결례다.

  '마누라가 예쁘면 처갓집 말뚝에도 절을 한다.'는 말이 있다. 상사가 좋은 사람이고 자신이 상사를 좋아하면, 상사와 알고 지내는 사람들에게 더 잘 보이고 더 잘하려고 노력할 것이다. 상사가 좋으면 그 상사 주변에 있는 사람도 좋게 보인다. 그런데 문제는 대부분의 상사들이 부하 직원들에게 잘 보이느냐의 문제다.
  일반적으로 부하 직원들은 상사를 아주 악랄한 사람 혹은 고약한 사람으로 생각한다. 부하들은 상사를 별로 좋아하지 않고 일정한 거리를 두려고 한다. 그렇게 보면 부하에게 있어서 상사라는 단어는 기쁨과 쾌락의 단어라기보다는 스트레스와 고통의 단어다. 그런 고통과 스트레스의 단어인 상사를 인간적으로 좋아하는 부하는 거의 없다. 먹고 살기 위해 어쩔 수 없이 그런 상사와 직장 생활을 하는 것이라고 생각한다.

상사가 좋아서 상사의 집 말뚝에 절을 하는 부하 직원은 드물다는 것이다. 그럼에도 불구하고 상사와 원활하게 소통을 하기 위해서는 상사와 공적으로 관계가 있거나, 혹은 사적으로 관계를 맺고 있는 친인척과 동료 등 상사와 교류하는 사람들과 좋은 관계를 형성해야 한다. 그래야 그 사람들과 어울리면서 들었던 정보를 토대로 상사와 사적인 대화를 할 수 있고, 공적인 자리에서 알 수 없었던 상사의 인간적인 스토리를 들을 수 있다는 것에서 소통에 유익한 점이 많을 것이다.

또 상사의 상사에게는 상사에 대해 좋게 말해야 하고 상사를 대하는 것보다 더 정중하고 더 예의 바르게 대해야 한다. 상사의 상사가 보기에 상사의 부하가 전혀 예의가 없어 보인다면 그 역시도 상사를 욕보이게 하는 것이다. 마치 자식이 잘못하면 자식뿐 아니라 그 자식의 부모를 욕하는 것과 같이, 대내외적으로 부하의 행실이 바르지 못하고 불경스럽게 행동하는 것은 상사와 조직을 욕보이는 행위라는 것을 알아야 한다. 항상 그 점을 생각하면서 생활해야 한다.

상사의 당부 사항이라고
말하라

　상사와 원활하게 소통을 한다는 것은 상사와 소통한 내용을 자기 혼자 아는 것이 아니라, 필요하다면 다른 사람에게 알려야 하는 내용은 전파하고 비밀을 유지해야 하는 사항에 대해서는 함구하는 것을 의미한다.

　결과적으로 상사의 지시 및 전달 사항을 다른 사람에게 잘 전달하고 그에 기인하여 다른 사람들이 어떻게 행동하고 생각하는가를 상사에게 다시금 보고해야 한다. 이처럼 상사와 원활하게 소통을 한다는 것은 우리의 혈액이 몸속에서 순환하듯이 계속해서 상사와 소통하는 것이며 일순간에 소통되었다가 끊어지는 것이 아니다. 단 한 번에 10시간을 소통하는 것보다 하루 1초라도 10년 동안 여러 번 소통하는 것이 효과가 더 크다.

　전등에 불이 들어오기 위해서는 전선에 계속 전기가 흘러야 하듯 상사와 원활하게 소통하기 위해서는 계속해서 상사와 대화를 주고 받아야 한다.

일반적으로 말하는 사람의 의도를 100퍼센트 전달받아 다른 사람에게 완벽히 전달하는 것은 불가능하다. 그러므로 상사의 지시를 올바르게 전달했는지를 알아보는 차원에서도 상사에게 다른 사람들의 반응과 그에 따른 실행 결과를 다시금 보고해야 한다. 그렇게 핑퐁 게임을 잘하는 부하가 상사와 원활하게 소통하는 사람이다.

또 상사와 대화하고 상사의 지시 사항을 다른 사람들에게 전달할 때에는 상사의 지침, 상사의 당부 사항, 상사의 수명 사항 등 상사를 들먹여야 한다. 그래야 그 메일을 보는 사람이 많고 그 메일 내용에 대해 관심을 보인다. 또 자기가 하고자 하는 일련의 활동이 상사의 지시에 의한 것임을 알려야 한다. 상사는 은근히 자기가 한 이야기가 잘 기록되고, 그것이 다른 사람들에게 잘 전파되기를 바라는 마음이 있다.

상사도 인정의 나르시시즘을 느끼고 싶어 하는 사람이라는 점을 잘 활용해야 한다. 그러기에 상사가 말한 명언이나 기억에 남는 좋은 말을 상사의 어록으로 보관하여 다른 이들의 기억 속에 오래도록 선명하게 남도록 해야 한다. 특히, 직장 생활은 자기가 행하는 모든 것이 상사의 성과로 이어지도록 해야 한다는 점에서 상사의 권위와 위상이 높아지는 방향으로 소통해야 한다. 그것이 상사와 오래도록 소통을 이어 가는 길이다.

상사를
가이드하라

상사가 현장에 나가거나 혹은 회식 자리에 갈 때는 가급적이면 동행해야 한다. 즉, 상사가 안전 순찰을 하거나 현장 진단을 하러 갈 때에는 상사 혼자 가도록 하지 말고 상사를 보좌한다는 생각으로 함께 가야 한다. 그 이동 과정에서 그간 상사에게 하고 싶었던 말이나 알고 싶었던 것에 대해 넌지시 질문하여 대답을 구하는 것이 좋다. 또, 미리 예상 질문을 발췌하여 상사의 질문에 대비해야 한다. 어떤 경우에는 일부러 상사로부터 자신이 준비한 대답이 나오는 질문을 하도록 상사를 유도해야 한다.

걸어가면서 대화하다 보면 자리에 앉아서 이야기를 하는 것에 비해 유연하고 어색하지 않게 대화를 계속 이어 갈 수 있다는 점에서 좋은 점이 많다. 물론 장거리 이동하는 경우에는 함께 차량에 동승하여 상사가 불편해하지 않도록 해야 한다. 또한 관계 성향에 따라 서로가 유지해야 하는 거리가 사뭇 다르므로 상사와 부하 직원 간 유지해야 하는 거리는 충분히 유지해야 한다. 또한 상사를 상석에 모시고, 상사를 의전 함에 있어서 불편함이나 불쾌감을 느끼지 않도록 해야 한다.

상사와 원활하게 소통한다고 해서 상사와 말과 글로만 소통하는 것이 최상은 아니다. 깍듯하고 올바르며 예절 바르게 행동하는 것도 상사와 원활하게 소통하는 방법 중 하나다.

때로는 말보다는 몸이 먼저 말을 한다. 상사 입장에서는 부하 직원의 말을 들어 보지 않고 태도와 움직임만 봐도 그 부하 직원의 마음을 안다. 또한 상사가 온다는 것을 알고 상사가 지나가는 동선을 깨끗하게 청소하는 것 자체만으로 이미 서로 소통하는 것이다. 주변의 환경 변화를 보면서 상사는 부하 직원의 준비 상태를 확인하고 성실도와 업무 능력을 판단한다. 이처럼 서로가 말을 하지 않아도 주어진 환경과 태도 등에서 그 사람이 어떤 사람인지를 알게 되는 것 또한 상사와 상호 소통하는 것이다.

그러므로 상사가 접하는 공간도 항상 청결하게 유지해야 한다. 자가용으로 상사를 모셔야 하는 상황에서는 자동차 실내가 지저분해서 상사에게 불쾌감을 주지 않도록 쾌적하게 하는 것도 상사를 바르게 대하는 것이고, 그 쾌적함으로 상사와 소통하는 것이다. 또한 작업복을 정갈하게 하거나 규칙을 잘 지키는 것도 상사와 소통하는 것이다.

소통은 단순히 사실과 정보와 감정을 전달하는 것을 일컫는 것은 아니다. 시각 · 청각 · 후각 · 촉각 · 미각 등 오감에 의해서 서로 주고받는 모든 것이 소통 수단이다. 즉, 상사의 오감에 좋은 변화를 주는 것이 상사와 원활하게 소통하는 방법이다. 그러므로 상사의 오감을 만족시켜 더 좋은 소통을 할 수 있도록 하는 것이 바람직하다.

상사의 측면에
앉아라

일반적으로 협상을 할 때, 마주 보면 상대방과 적대감이 생긴다고 말한다. 그래서 협상을 원만하게 하고 상대방의 기분이 나쁘지 않게 하기 위해서는 상대방 옆자리에 앉아야 한다. 어떤 경우에는 서로가 빨리 친밀감을 느끼기 위해 스킨십을 하기도 한다.

마찬가지로 상사와 같은 공간에서 공적인 일을 할 때에는 되도록이면 마주 보는 방향에 앉지 않는 것이 좋다. 물론 상사의 눈에 띄어야 하고 상사에게 특별한 사람으로 인식시켜야 하는 경우에는 자신을 알리기 위해 상사의 시선이 자주 가는 정면에 앉는 것이 좋을 수도 있다. 하지만 가능한 한 상사의 측면에 앉아야 상사와 적대감이 생기지 않는다.

특히 상사와 친밀하고 상사의 권한을 위임받아 측근에서 섬기는 경우라면 가능한 한 상사의 측면에 앉아야 한다. 자기가 상사보다 연장자라고 상사와 대등하게 정면에 앉는 것은 그리 좋은 것은 아니다. 또 회식 자리에서 상사의 정면에 앉아 상사의 말을 들어 주고 빈 술잔을 채워 주는 것도 좋지만 최대한 상사의 측면에 앉는 것이 좋다.

　정면에 앉은 사람이 사랑하는 사람이 아니라면 그에게 적대감을 느끼고 은연중에 자기를 보호하려는 방어기제가 작동하여 그 사람을 마음에 들이지 않는다. 하지만 곁에서 서로 스킨십을 하면 자기도 모르게 포근해지고 친근함을 느끼게 된다.

　상사와 정면으로 앉아 있는 것은 복도에서 서로가 반대 방향에서 오다가 마주치는 것에 비유할 수 있다. 그러므로 가능한 한 함께 어깨를 나란히 하고 같은 방향을 향해서 걸어가는 것과 같은 친근함이 생기도록 상사의 곁에 앉아야 한다. 특히 자기가 상사보다 나이가 많은 경우에는 더욱더 그래야 한다. 사적인 자리에서도 자기가 상석에 앉지 않도록 주의해야 하고, 야외에서는 좋은 풍경이 시야에 들어오는 자리에 상사가 앉도록 하고 자기는 상사의 시선을 가리지 않도록 측면에 앉아야 한다.

상사 관리 특별 주간을
만들어라

상사와 원활하게 소통하기 위해서는 상사와 친밀한 관계를 형성해야 한다. 또 상사의 상황과 더불어 상사의 마음을 잘 알아 두어야 한다. 또 상사의 눈에 잘 띄어야 하고 신뢰를 얻어야 한다. 이러한 일련의 것들이 종합적으로 모여서 상사에게 나에 대한 인정이라는 이미지가 생기게 된다. 상사와 원활하게 소통하기 위한 관계를 형성하는 것 자체가 매우 어렵고 힘든 여정이다.

사람과 사람 간의 신뢰가 쌓이면 쌓일수록 서로 친밀한 관계가 형성된다. 그러나 이 관계 또한 어느 한순간에 깨질 수 있음을 알아야 한다. 서로의 관계가 아무리 좋아도 그 관계가 오래도록 유지되는 것은 아니다. 그 관계라는 것은 시간이 지나도 영구불변하는 것이 아니라 4월의 날씨보다 더 변덕스럽다는 사실을 알아야 한다.

사람이란 본능적으로 일관되게 어느 한 가지만 생각하는 것이 아니라, 어떠한 시점이 되면 그 상황이나 분위기에 따라서 감정이 변하게 된다. 감정의 변화에 가장 많은 영향을 주는 것은 바로 생각이고, 그 생각에 기인하여 감정의 변화가 생기게 된다. 그래서 오랜 기간 좋은 관계를 유지하고 있는 상황에서도 상사의 감정이 변하면 그로 인하여 어느 한순간에 미운 사람으로 전락될 수 있음을 알아야 한다. 그러므로 상사와의 관계에서 감정의 골이 생기지 않도록 은행이나 상점에서 VIP 고객을 관리하듯 상사를 관리해야 한다.

일례로 매월 상사에게 특별한 선물을 한다든지 매주 상사와 특별한 활동을 한다든지 혹은 매일 상사에게 특별한 안부 인사를 해야 한다. 또 매 시간마다 상사에게 일정한 정보를 제공하는 등 주기적으로 상사와 접촉할 수 있는 기회를 가져야 한다. 그렇게 함으로써 상사의 마음과 생각, 그리고 감정을 지속적으로 관리해야 한다.

눈에서 멀어지면 마음에서 멀어지기 마련이다. 또 세상에는 노력한 만큼 결실을 맺고 관심과 정성을 들인 만큼 결실을 맺게 되어 있다. 그냥 가만히 손 놓고 뒷짐 지고 있는데 자연스럽게 이루어지거나 기적적으로 이루어지는 일은 거의 없다. 세상에 공짜는 없다. 그러므로 상사와 원활하고 친밀한 관계를 형성하기 위해서는 그에 상응하는 정도의 노력을 기울여야 한다.

상사에게 정기적으로 특별한 이벤트를 할 때에는 상사의 자존심을 건드리지 않고 기분이 상하지 않도록 주의해야 한다. 또 주변 사람들이 눈치 채지 못하도록 해야 한다. 은밀하고 위대하게 상사도 감지하지 못하는 새에 상사에게 관심을 갖고 정성을 다해야 한다. 자기 자신에게 도움이 되고 좋은 영향을 주는 부하 직원을 항상 곁에 두고자 하는 것은 상사라서 그러한 것이 아니다. 사람이기에 그러하다. 자기를 알아주는 사람, 이왕이면 자기에게 정성을 다하는 사람에게 애정을 느끼는 것은 당연하다.

토사구팽을
당연하게 받아들여라

　직장 생활의 칼자루는 상사가 잡고 있고 부하 직원은 칼날을 잡고 있다고 생각해야 된다. 그래서 칼자루를 잡고 있는 상사가 어떻게 하는가에 따라서 부하 직원이 다칠 수도 있음을 알아야 한다. '법은 멀고 주먹은 가깝다.'는 말이 있듯이 사장은 멀고 상사는 가깝다. 즉, 사장의 경영 철학을 따르는 것이 중요한 것이 아니라 상사의 말을 잘 듣는 것이 더욱더 이익이 많다는 것이다. 직장에서는 상사의 말이 곧 법이고 일개 부하 직원의 운명은 상사가 쥐고 있다고 생각해야 한다.

　일례로 상사가 내쫓고자 하는 직원에게 계속해서 업무적인 스트레스를 준다면 당연히 그 직원은 결국 사표를 쓰게 될 것이다. 그렇다. 직장 생활의 전부가 상사에게 달려 있다. 상사가 어떤 마음을 먹고 어떻게 대하는가에 따라서 그 부하 직원 직장 생활의 성패가 달려 있음을 알아야 한다.

　상사가 어려운 환경에 처했을 때 자기 목숨을 대신할 정도로 충성을 다하고 헌신적으로 일했는데 어느 날 상사에게 토사구팽을 당하는 상황에 처하면 상사를 욕하게 된다. 직장 생활을 하다 보면 자기를 잘 키워 주겠다는 상사의 말에 현혹되어 자기와 자기 가정도 뒤로하고 오로지 상사를 위해서 희생과 헌신을 마다하지 않고 일을 하는 경우가 있다. 그런데 상사가 하라는 일은 뭐든 다 했고 상사를 위해서 최선을 다해 노력했는데, 그런 자기를 몰라주고 다른 부서로 이동시켰을 때는 상사에게 심한 배신감을 느끼기도 한다.

『블랙스완』의 저자 나심 니콜라스 탈레브가 말한 바와 같이 칠면조에게 먹이를 주던 주인이 어느 날 칠면조를 잡아서 칠면조 요리를 하듯, 세상을 살다 보면 예상하지 못하는 불행한 상황을 마주하게 된다. 마찬가지로 직장 생활을 하다 보면 중국 초한 시대의 범증이 항우에게 토사구팽을 당하고 한신 장군이 유방에게 토사구팽을 당하듯이 상사로부터 토사구팽을 당하게 되는 경우가 많이 생긴다는 것을 알아야 한다.

그러한 일을 당해도 결코 서운해하거나 상사를 배반자 혹은 의리도 모르는 사람이라고 욕하지 말아야 한다. 상사가 부하를 토사구팽하는 것을 지극히 당연하게 생각하고 받아들여야 한다. 모든 물건들이 다 그러하다. 쓰임을 다하면 버려진다.

또한 하나의 정답으로 모든 문제를 해결할 수는 없다. 특히 어제의 정답으로 오늘의 문제를 풀 수 없는 상황이 너무 많다. 그 정도로 변화무쌍한 현실에서 상사 역시 살아남기 위해 계속해서 변화를 추구하기 때문에 때와 상황에 따라서 태도를 달리한다는 것을 순순히 받아들여야 한다.

직장 생활을 하면서 자기 뜻대로 상사를 선택하거나 자기가 조직을 택할 수 없다. 그러므로 직장 상사에게 토사구팽을 당하고 억울한 상황에 처해도 상사를 욕하지 말고, 그러한 환경이 도래했기에 상사도 어쩔 수 없이 그러한 선택을 할 수밖에 없다는 것으로 받아들여야 한다.

또 누구나 토사구팽을 당할 수 있다고 생각해야 한다. 단, 토사구팽을 당하는 시점에 기사회생이 불가능할 정도로 참혹하게 당하느냐 아니면 스스로 물러나 재기의 힘을 가지고 토사구팽의 상황으로 내몰리느냐에 있다. 앞서 말한 한신과 범증은 토사구팽을 당하되 목숨을 부지하지 못하고 그 명예도 보존하지 못한 경우다. 하지만 토사구팽을 당하기 전에 스스로 물러난 장량과 소하는 지혜로운 토사구팽에 해당하는 것이라고 볼 수 있다.

상사가 어려울 때 혼신의 힘을 다하고 헌신하고 희생하여 도와줬는데 이제는 딴청을 부린다고 소란을 피워 봤자 자기에게 이익이 되는 것은 전혀 없다. 오히려 상사에게 항명을 하고 상사를 모욕하는 나쁜 부하라는 평판을 받게 될 것이다.

군주론에서 말하기를 군주는 모든 백성들에게 믿음을 주고 모든 신하들이 믿게 해야 하지만 자기는 정작 그 어떠한 사람도 믿어서는 안 된다고 했다. 즉, 사람은 자기 이익에 따라서 이해관계를 달리하기에 그 어느 누가 언제 배반할지 모른다는 생각을 해야 한다.

상사와 소통을 원활하게 하기 위한 책을 쓰면서 상사와의 이별의 순간이라고 할 수 있는 토사구팽을 언급하는 것은, 끝을 생각하면서 상사와 소통해야 할 필요가 있기 때문이다. 즉, 상사에게 너무 큰 기대를 갖지 말아야 한다. 그냥 상사에게 최선을 다해 역할을 수행하는 부하 직원이 되어야 한다. 그렇지 않고 상사에게 바라는 것이 많으면 많을수록 그 끝에 갖게 되는 배신감과 억울함이 클 것이다. 그러므로 상사는 항상 토사구팽의 명수라는 생각으로 그 토사구팽의 살생부에 이름을 올리지 않도록 항상 주의해야 한다.

그러기 위해서는 앞서 말한 바와 같이 상사에게 너무 많은 것을 기대하지 말고 의존하거나 상사와 너무 가까이 지내지 않는 것이 좋다. 즉, 상사의 사적인 것을 너무 많이 알거나 상사가 불편해하는 정도의 친근함은 오히려 상사의 눈 밖에 날 수도 있음을 알아야 한다. 상사와는 항상 불가근불가원의 거리를 유지해야 한다. 너무 가깝지도 않고 너무 멀지도 않는 관계를 유지하되 상사가 부르면 언제든 상사를 위해서 희생할 수 있을 정도의 지척에 있어야 한다.

상사는 매일 알게 모르게 부하 직원을 토사구팽 한다. 그날의 이슈에 따라 안전이 중요시되면 안전 외에 다른 것은 토사구팽하고, 혁신이 중요시되면 혁신 외에 다른 것을 토사구팽 한다. 그렇다. 상사는 사람을 토사구팽 하는 것이 아니라 업무를 토사구팽 하는 것이다. 그래서 직장 생활도 운이 좋아야 한다. 평가를 받을 때 자기가 하는 업무가 중요시되면 그로 인해서 좋은 평가를 받을 수 있다. 또 평가와 승진을 받는 시점에 상사에게 많은 희생과 헌신을 했다면, 그로 인해서 상사에게 좋은 평가와 평점을 인정받을 수 있을 것이다.

상사는 토사구팽을 하는 자리다. 불필요한 업무를 토사구팽하고 조직에 필요하지 않는 사람을 토사구팽 하고 불필요한 공정을 토사구팽 한다. 전략적인 경영 마인드가 충만한 상사일수록 더욱 토사구팽의 속도가 빠르다. 불필요한 것을 제거하여 조직을 슬림화하고 공정을 단순화하며 인력을 합리화하는 것은 토사구팽, 즉 버리고 제거하는 것에서 시작된다는 것을 알아야 한다.

　결과적으로 토사구팽은 없다. 그것은 당하는 약자가 만들어 낸 변명에 불과하다. 그것도 준비되어 있지 않는 약자만이 쓰는 단어다. 그러므로 강한 부하가 되기 위해서는 평상시 자기의 실력을 키우기 위해 노력해야 한다. 그래서 상사의 눈치를 보지 않고 상사의 보상과 포상에 상관없이 자기가 독립하여 살아갈 수 있을 정도의 실력과 내공을 갖춰야 한다. 그래야 조직에서 버림받았을 때 기지개를 펼 수 있는 아늑한 공간이라도 확보할 것이다.

상사에게
영광을 돌려라

상사는 그 조직을 대표하는 사람이다. 최근 기업체에서 최고 경영자를 마케팅하고 대내외적으로 널리 홍보하고 있다. 최고 경영자의 이미지를 부각시켜 회사의 브랜드 가치를 올리려는 것이다. 마찬가지로 부하는 상사를 마케팅하고 홍보하는 데에도 힘써야 한다. 상사는 그 조직을 대표하는 사람이다. 즉, 상사가 이룬 활동성과는 조직의 성과가 되고 상사의 이미지가 조직의 대표 이미지가 된다. 그러므로 부하는 상사의 좋은 점을 부각시키고 남이 알아서는 안 되는 상사의 단점은 숨기면서 상사가 좋은 이미지를 가질 수 있게 홍보해야 한다.

상사를 홍보하는 과정에서는 그것이 상사의 귀에 넌지시 들어가게 하는 것도 좋다. 그래서 홍보가 과하거나 상사의 뜻과는 다른 방향으로 홍보되는 경우에는 상사의 코칭을 받아야 한다. 그렇지 않고 상사의 철학이나 의중도 모른 채 제멋대로 상사의 평판을 좌지우지할 수 있는 문구를 대내외에 알리는 것은 오히려 상사의 입지를 좁게 하는 부작용을 불러일으킬 수 있다.

그러므로 상사의 평판을 좋게 하는 홍보 활동을 하기 위해서는 사전에 그에 대한 홍보 전략을 수립하고 홍보 활동으로 인해서 얻어지는 것은 무엇이며, 생길 수 있는 부작용은 무엇인지를 파악해야 한다. 그렇지 않으면 상사를 위해서 홍보한 것이 오히려 상사의 입지를 불안하게 하고 진실하지 않는 사실을 너무 과대 포장해서 허위 광고하는 것과 같은 2차적인 문제를 발생시키므로 주의해야 한다.

　조직을 대표하는 상사가 다른 사람들에게 좋은 평판을 받으면 조직의 분위기가 대폭 상승한다. 상사에게 좋은 일이 생기고 상사의 기분이 좋으면 당연히 조직 분위기가 좋아진다. 그러므로 상사를 잘 포장해서 잘 알려야 한다. 아울러 조직 내에서도 상사의 지도 철학이나 업무 철학을 직원들에게 잘 전달해야 한다. 그래서 직원들이 업무를 할 때 상사의 업무 철학을 생각하면서 상사가 원하는 스타일대로 업무할 수 있도록 해야 한다.

　같은 결과를 내더라도 상사가 어떠한 업무 철학을 가지고 있는가에 따라서 업무를 처리하는 과정이 다를 수밖에 없다. 또한 상사의 스타일에 따라서 업무를 추진하는 속도나 내용면에서 추구하는 바가 다를 수 있음을 알아야 한다. 그런 점에서 볼 때 조직을 대표하는 상사의 철학을 직원들에게 잘 전달하는 것 또한 상사를 잘 홍보하는 것이라고 볼 수 있다.

　바야흐로 잘 만들어진 제품이 잘 팔리는 것이 아니라, 잘 팔리는 제품이 잘 만들어진 제품이라는 말이 통용될 정도로 제품 마케팅 시대다. 그런 점에서 볼 때 상사를 마케팅하는 것은 상사의 기분도 좋게 하고 조직의 성과 증진에도 이바지하며 조직원들의 에너지와 자긍심을 상승시키는 부대 효과도 얻을 수 있다.

아울러 조직에서 이뤄지는 모든 성과는 상사의 것이라는 생각으로 업무에 임해야 한다. 상사의 소식을 방송 매체에 알리고 SNS에 올리는 것만이 상사를 마케팅하는 것은 아니다. 조직에서 얻어지는 성과가 상사의 리더십과 전략에 의한 것임을 암암리에 다른 조직에 알리는 것도 상사를 마케팅 하는 것이다. 상사의 기분이 좋다면 조직의 분위기는 더욱더 좋아질 것이다.

상사를 마케팅하고 홍보할 시에는 상사가 곤경에 처하거나 안전사고로 인하여 주변 사람들의 시선을 한 몸에 받고 있을 때는 항상 주의해야 한다. 다른 사람의 주목을 받음으로써 오히려 조직에 피해를 끼치거나, 조직의 좋지 않은 상황을 알리는 계기가 될 수도 있다는 것을 알고 적절하게 마케팅이나 홍보의 수위를 조절해야 한다.

다른 사람들에게
상사를 자랑하라

직장인들이 삼삼오오 모여서 이야기를 할 때 가장 씹기 좋은 안주는 상사라고 한다. 직장 동료들이 모이면 자기 상사를 안주 삼아서 이야기하는 이유는 직장에서 상사에게 받은 스트레스가 마음에 가득 쌓여 있기 때문이다. 알게 모르게 쌓인 상사에 대한 미운 감정을 평상시에는 잘 억누르고 있다가 다른 동료가 상사의 욕을 하면 그때부터 합세해서 맞장구를 치게 된다. 술의 힘을 빌려서 가슴에 쌓여 있는 상사에 대한 미운 마음을 발설하면서 스트레스를 푸는 것이다.

하지만 상사를 험담하면 할수록 그 강도가 강해지고 결국 돌아오는 것은 쓰디쓴 배신의 아픔임을 알아야 한다. 즉, 상사의 뒷담화를 함께해 놓고서 고자질을 하는 사람이 바로 옆에서 함께 상사를 씹었던 사람이라는 것을 알아야 한다. 그러므로 상사의 뒷담화를 하는 자리에는 아예 끼지 말아야 한다.

『명심보감』의 「정기」편에 "오이밭에서는 신발을 고쳐 신지 말고,

자두나무 아래에서 갓을 고쳐 쓰지 마라."는 말이 있다. 그러하듯 아예 오해받을 만한 행동을 하지 말아야 한다. 가장 현명한 방법은 아예 상사의 이야기를 하지 않는 것이다. 상사뿐 아니라 일상생활을 하면서 남의 이야기를 하는 것을 좋아하는 사람과는 말을 섞지 않는 것이 최선의 방법이다.

주로 남 이야기하기를 좋아하는 사람들의 공통점은 기가 막힐 정도로 그 분야에 박식하다. 한마디로 말해서 주변머리가 많은 사람이다. 결코 알아서는 안 되는 비밀스러운 이야기에서부터 사람의 호기심을 유도하는 말재주까지 겸비했다. 그러다 보니 박식하다 못해 없는 말도 소설처럼 잘 꾸미는 재주도 지녔다. 그런 사람들과 함께 말을 섞다 보면 자기도 자연스럽게 동화되어 속에 있는 이야기를 가감 없이 내뱉는 실언을 하게 된다. 그러므로 그런 사람과는 자리를 함께하지 않는 것이 최선이다.

또한 그런 사람과 어쩔 수 없이 같은 공간에서 대화를 해야 하는 경우에는 가능한 그 사람에게 흠이 잡히지 않도록 경청하고 침묵으로 일관하는 것이 좋다. 그렇지 않으면 결국에는 하지도 않는 말이 와전되어 낭패를 보는 경우가 생길 수도 있음을 명심해야 한다.

언중유골(言中有骨)이다. 말에도 뼈가 있다. 또 다언삭궁(多言數窮)이라는 말이 있듯이 말은 많이 하면 할수록 근심이 많아지는 것임을 명심해야 한다. 직장 생활을 하다 보면 일명 말을 퍼뜨리는 말 바이러스와 같은 사람이 한두 명은 꼭 있게 마련이다. 현재 이 글을 읽고 머릿속에 떠오르는 사람이 있다면 바로 그 사람을 항상 주의해야 한다. 발 없는 말이 천 리를 간다는 것을 명심해야 한다. 그런 점에서 볼 때 직장 생활을 하면서 말만 조심해도 50퍼센트 이상은 근심 걱정이 없어진다고 생각하면 된다.

　정히 상사에 대한 뒷담화가 하고 싶거나 상사에게 쌓인 스트레스가 있다면 단도직입적으로 상사와 술을 마시면서 서운한 감정을 드러내는 것이 상사와 좋은 관계를 유지하는 비결이다. 하지만 평상시에는 결코 그런 서운한 감정을 드러내지 말아야 한다. 아울러 서운한 감정을 드러낼 때는 직설적으로 하기보다는 넛지(nudge)를 발휘하여 은근슬쩍 말해야 한다. 실상은 상사도 부하가 무엇 때문에 서운한 감정을 갖고 있는지를 안다. 단지 표현을 하지 않을 뿐이다. 왜냐하면 상사라는 위치는 욕을 먹기 위해서 있는 자리이기 때문이다.

　직장 생활을 하면서 상사를 좋게 보는 사람은 많지 않다. 대부분의 스트레스들이 상사로 인해서 생기기 때문이다. 오죽하면 직장인들의 반 이상이 자기가 휴가를 가는 것보다는 상사가 휴가를 가는 것을 더 좋아한다고 하지 않는가? 그토록 상사는 직장인들에게 있어서 스트레스를 주는 암적 존재와도 같다.

그럼에도 불구하고 부하 직원은 상사를 좋은 사람이라 말해야 하고, 보다 긍정적인 관점에서 상사의 좋은 점을 말하는 것을 습관화해야 한다. 상사의 뒷담화는 어떤 형태로든 상사의 귀에 들어가게 되어 있다. 또한 뒷담화를 하고 나면 상사를 대면했을 때 그러한 상황이 생각이 나서 낯빛이 바뀌게 된다. 상사가 그 뒷담화에 대해 알게 된 것은 아닐까 혹은 상사에게 누군가 고자질을 한 것은 아닐까 하는 생각으로 인해 상사와 허물없이 지내지 못하게 되는 것이다.

사람에게는 편향성이 있어서 좋은 것도 나쁘게 생각하고 바라보면 나쁜 것만 보이게 된다. 또 나쁜 사람이라도 그 사람이 좋은 사람이라고 생각하면 한없이 좋은 사람으로 느껴지게 된다. 일련의 선입견이다. 그러므로 상사의 뒷담화는 하지 말고 가능한 한 상사를 좋은 사람, 혹은 지도력이 출중하고 조직을 위해서 헌신적으로 희생하는 사람이라는 것을 부각시켜야 한다. 또 자기 상사는 부하 직원을 끔찍하게 사랑하는 마음씨 좋은 사람이라는 점을 다른 부서 사람들에게 일부러 알려야 한다. 일련의 상사 마케팅이다. 상사의 이미지가 그 조직의 이미지가 되고 상사의 일거수일투족이 그 조직을 대변하기 때문이다.

부하들이 많이 실수하는 부분은 상사는 자기편이 아니고 자기와는 적대적인 관계 선상에 있는 사람이라고 생각을 한다는 점이다. 그렇지 않다. 상사는 업무 성격상 조직의 성과를 내야 하기에 부하 직원의 성장과 조직의 성장을 위해서 타인에게 욕먹을 각오를 하고서 업무를 지시하는 사람이다. 그래서 마키아벨리의 『군주론』에서는 백성들에게 인정을 받는 군주보다는 백성들이 두려움을 느끼게 하는 군주가 더 백성을 잘 통치한다고 말한다. 이러한 원리에 입각해서 기꺼이 남에게 욕을 먹을 준비를 하고 조직원들에게 채찍과 당근을 제공하는 사람이 상사다. 그런 상사를 욕하는 것은 결국은 자기 조직을 욕하는 것이고, 자기 스스로 자기 조직에 대해 부정적인 시각을 가지고 있음을 다른 사람에게 알리는 꼴이 된다.

그러므로 이유 여하를 막론하고 좋은 일은 담을 넘어도 되지만 나쁜 일과 부정적인 일은 자기 조직의 담을 넘지 않도록 내부적으로 해결해야 한다. 그것이 조직의 성장과 개인의 발전을 도모하는 길이라는 것을 명심해야 한다.

상사가 하나를 원하면
둘 이상을 주어라

주는 것의 다른 말은 받는 것이라고 말한다. 무엇인가를 받기 위해서는 먼저 주어야 한다. 주고받는 문화는 사람과 사람이 서로 소통하는 데 꼭 필요하다. 상사와 소통을 잘하기 위해서도 이러한 테크닉이 필요하다. 그렇다고 해서 상사에게 뇌물을 바치고 없는 말을 만들어서 상사의 기분이 좋도록 아첨을 하라는 것은 아니다. 불교에서는 자기가 전혀 재물이 없어도 사람들에게 주어야 하는 것이 있다고 말한다. 밝은 표정, 맑은 눈, 들어 주는 귀, 따뜻한 마음씨 등 우리는 얼마든지 타인에게 줄 수 있는 것들을 많이 가지고 있다.

상사와 원활한 소통을 하기 위해서 꼭 필요한 것이 있다면 상사가 질문을 던졌을 때 간단 명료하게 단 하나만을 답하는 것이 아니라 상사가 만족할 정도로 여러 자기 답을 해야 한다. 공자는 『논어』에서 말하기를 윗사람이 아랫사람에게 질문하는 것을 부끄럽게 생각하지 않는 사람을 '불치하문(不恥下問)'이라고 해서 그런 사람을 일컬어 '군자'라고 말한다. 즉, 부하에게 자신이 모르는 것을 물어보는 상사는

통한만큼 친해지는
통친력

군자라고 생각해야 한다.

상사의 입장에서는 부하 직원에게 창피당할 생각을 하고 질문하는 것이다. 그러므로 상사가 생산량이 얼마냐고 물어보면 그냥 생산량이 얼마라고만 말을 하는 것이 아니라 어느 정도의 생산 능력을 가지고 있는데 그에 대비해서 어느 정도 생산했고 그 생산량은 경쟁사 대비 어느 정도라고 대답해야 한다.

일반적으로 우리가 대화를 할 때 질문을 하는 종류에는 열린 질문과 닫힌 질문이 있다. '예'와 '아니오'로 단순하고 짧게 대답이 나오게 하는 질문을 '닫힌 질문'이라 하고, 언제 어디서 어떻게 무엇을 했느냐고 물으며 비교적 길게 대답을 이끌어 내는 질문을 '열린 질문'이라고 한다.

상대방과 좋은 소통을 하기 위해서는 열린 질문을 해야 한다. 즉, 상대방이 가급적이면 말을 많이 하고 생각을 많이 하도록 함으로써 많은 정보를 얻어내기 위해서는 열린 질문을 하는 것이 바람직하다. 마찬가지로 상사가 질문을 던지면 짧게 대답하지 말고 상사가 충분한 정보를 얻을 수 있도록 대답해야 한다. 보기에 따라서는 말이 많으면 마치 상사를 가르치는 것 같지만 그것은 상사에게 충분히 정보를 제공한다는 점에서 좋은 대답이라고 할 수 있다.

상사는 자기가 모르는 정보를 알고 싶어 한다. 그것도 조직 안에서 벌어지는 일에 대해서는 자기가 모르는 정보는 없어야 한다고 생각하는 상사일수록 조직의 일에 대해서는 집요하게 알려고 한다. 그러므로 상사의 질문에 대해서 가능한 한 상사의 궁금증이 유발되지 않도록 충분히 상세하게 답변해야 한다. 상사가 성에 차서 고마워하는 정도까지 대답을 하는 것이 바람직하다. 아울러 상사의 질문에 대해서 대답을 할 수 없는 상황에서는 모른다고 솔직하게 말을 하고 더 알아본 후에 다시금 보고를 할 것이라고 답변을 유보하는 것이 바람직하다.

받는 것을 싫어하는 사람은 없다. 또 자신의 질문에 대해서 어떡하든 완벽하게 대답하려고 하는 부하를 나쁘게 보는 상사는 없다. 간혹 상사가 자기의 업무에 대해서 너무 많은 것을 알게 되면 흠이 잡히는 것은 아닌가 하는 생각에서 상사의 대답을 일부러 회피하는 사람도 있는데, 그런 사람은 향후에도 상사가 질문을 하지 않을 것임을 알아야 한다.

질문은 생각을 유도하고 그 사람에 대해서 관심을 가지고 있다는 것을 표출하는 수단이다. 즉 상사가 당신에게 질문했다는 것은 당신에게 관심이 있다는 것이고, 그 질문에 대해서는 당신이 최고의 적임자라고 생각하고 있음을 의미한다. 그러므로 상사가 질문하면 상사와 좋은 소통을 할 수 있는 기회라고 생각하고 보다 적극적으로 대답해야 한다.

또 상사의 질문과 부탁에 대해서 대답을 하고 그 부탁을 수행하는 과정에서 새로운 것을 배운다는 자세로 임해야 한다. 그러면 상사는 그런 부하 직원을 성실하게 생각하고 다음에도 자기와는 전혀 무관한 분야임에도 질문을 할 것이다. 그런 상황에 이르러야 진정으로 상사와 원활하게 소통을 할 수 있는 기반이 마련된 것이라고 볼 수 있다.

한편 자신이 상사에게 원하는 것이 있다면 사전에 포석을 두어야 한다는 생각으로 평소보다 더 잘해야 한다. 직장 생활을 하다 보면 부모님이 아파서 갑자기 돌발 휴가를 내야 하는 경우, 회사에 바쁜 행사가 있는데 가정 일로 인하여 불참해야 하는 경우 등 상사에게 아쉬운 소리를 해야 하는 경우가 있다. 이때 상사에게 굳이 아쉬운 소리를 하기 싫어서 그냥 말없이 아쉬운 소리를 하지 않고 행사에 참석하는 사람이 있는가 하면 상사에게 거침없이 아쉬운 소리를 하는 사람도 있다.

상사와 원활하게 소통을 하기 위해서는 전자보다는 언제든 후자와 같은 사람이 되어야 한다. 상사는 자기의 권한 내에서 부하 직원에게 해 줄 수 있는 한 해 주는 것을 좋아한다. 그러므로 일단은 아쉬운 것이 있으면 꼬리를 완전히 내리고 아주 겸허하고 낮은 자세로 상사에게 아쉬운 소리를 해야 한다.

그렇게 함으로써 상사와 한 발자국 가까워지는 것이다. 상사의 입장에서는 부하의 근심을 가볍게 해결해 줬다는 생각을 갖게 되고, 부하의 입장에서는 상사가 자신의 입장을 십분 이해해 주고 공감해 준 것에 대한 고마운 마음을 갖게 된다. 그러므로 상사에게 아쉬운 소리를 해야 하는 경우에는 지체 없이 상사에게 말을 하는 것이 좋다.

상사는 아쉬운 마음이나 혼자서 고민해야 하는 사항을 허물없이 털어놓는 부하를 진실한 사람이라고 생각한다. 뭔가 비밀이 있거나 잘난 사람처럼 상사에게 단 한 번도 아쉬운 소리를 하지 않는 사람에게서는 거리감이 느껴지고 사람 냄새가 나지 않는 것처럼 보인다.

그러므로 상사에게 아쉬운 소리를 해야 하는 경우에는 상사에게 이 실직고하는 것이 좋다.

대개 직장 생활을 하는 많은 직장인들이 상사와 가급적이면 대립 각을 세우지 않고 지내려고 한다. 또 가능한 상사와 사적인 이야기를 하지 않으려고 한다. 괜히 상사와 친해지면 자기에게 오더가 더 많아지고 상사에게 자기의 비밀이 알려지는 것처럼 생각하기에 적정하게 상사와 거리를 두려고 한다. 그런데 중요한 것은 상사도 부하 직원의 그런 마음을 모두 알고 있다는 것이다. 그러기에 상사는 자기에게 허물없이 진솔하게 속마음을 표현하는 부하 직원을 더욱 살갑게 느낄 것이라는 점을 알아야 한다.

아울러 상사에게 아쉬운 소리를 하고자 할 때는 자기가 상사로부터 부여받은 오더를 완벽하게 처리하고 가능한 상사의 기분이 좋은 상태에서 해야 한다. 아울러 가능한 상사의 눈에 적극적이고 주도적이면서 주인 의식을 가지고 업무에 열정을 다하는 모습을 보여야 한다. 그렇지 않으면 자기가 아쉬울 때만 상사에게 접근한다는 생각을 할 것이고 본연의 자기 업무도 하지 않으면서 뻔뻔하게 자기 실속만 챙기려고 한다는 오해를 받을 수 있으므로 주의해야 한다.

가장 이상적인 경우는 본인이 아쉬울 것 없도록 사전에 자기 관리를 잘하는 것이 좋다. 왜냐하면 상사의 아량으로 인해서 특혜를 받게 되면 아쉬울 때마다 상사에게 말을 해서 어려운 난국을 피해 가려는 것이 습관으로 자리하기 때문이다.

통한만큼 친해지는
통친력

근태는 상사에게
미리 보고하라

　상사와 좋은 소통을 하기 위해서 가장 기본적으로 해야 하는 일은 기준과 원칙을 준수하는 것이다. 직장인으로서 가장 기본적으로 지켜야 하는 것이 있다면 바로 근태다. 이 근태가 무너지면 모든 조직 분위기가 무너지기에 상사들이 근태를 가장 중요하게 생각한다.

　그런 점에 입각하여 상사와 원활하게 소통을 하기 위해서는 가장 기본적으로 준수해야 하는 근태를 잘 지켜야 한다. 예컨대 휴가를 갈 때는 미리 일주일 전에 상사에게 보고하고, 조퇴를 할 때도 미리 암시를 줘서 상사가 충분히 고심을 할 수 있는 시간적인 여유를 주어야 한다. 휴가를 가는 것도 직원 개인의 고유한 권리라고 생각해서 자기가 가고 싶을 때 돌발 휴가를 상신하는 것은 상사를 무시하는 행위에 해당한다고 볼 수 있다.

　물론 최근에는 직원들의 휴가 가기 활성화를 위한 차원에서 국가적으로 휴가를 자유롭게 쓸 수 있도록 휴가 사유를 기록하지 않고 있다. 직원 개인이 가는 휴가는 직원 개인의 사적인 생활의 이유라고 볼 수 있다. 그럼에도 불구하고 상사와 좋은 관계를 형성하기 위해서는 근태에 변동이 있을 때는 필히 상사에게 허락을 구하는 것이 좋다.

　일반적으로 상사가 부하 직원들에게 행사하는 권리에는 크게 근태권, 인사권, 평가권이 있다. 즉, 자기 소속 부하 직원의 근태와 승진 인사 평가를 통해서 부하 직원을 자기가 원하는 방향으로 이끄는 것이다. 그렇게 볼　때 상사의 근태권은 상사가 부하에게 발휘할 수 있는 가장 기본적인 상사 고유의 권한이라고 볼 수 있다. 따라서 상사에게 사전에 보고를 하지 않고 자기 마음대로 휴가를 가는 등의 행동은 상사의 자존심을 상하게 하는 단초가 될 수도 있다는 사실을 알아야 한다.

상사가 휴일에 출근하면
출근하라

　직장에서 상사와 원활하게 소통하기 위해서는 상사가 휴일에 출근하면 자신도 휴일에 출근하는 것이 좋다. 조직적으로 업무가 바쁘고 중요한 일이 산적해 있는 상태인데 그런 것을 아랑곳하지 않고 휴일은 자기의 권리이므로 자유의지에 의해서 휴식을 취한다는 생각을 가지면, 상사와 원활한 소통을 할 수 없다.

　일단 휴일에 출근하는 사람들은 자신을 희생하고 단체와 조직을 위하려는 마음 자세를 지니고 있다고 생각한다. 또한 상사가 출근하는 것을 알고 부하 직원이 일부러 휴일도 반납하고서 상사의 일을 돕기 위해서 출근을 했다고 생각하기에 다른 사람에 비해 특별하게 생각한다.

　휴일에 상사와 둘이 사무실에서 업무를 하다 보면 상사와 독대를 나눌 수 있고 경우에 따라서는 점심을 함께 먹으면서 사적인 대화하면서 친교를 나눌 수도 있다. 그런 점에서 휴일에 출근을 하는 것은 이익이 많다. 업무 시간 외 수당을 받을 수 있고 상사로부터 인정을 받을 수 있으니 유·무형의 효과가 있다고 볼 수 있다.

그러므로 가능한 휴일에 특별한 일이 없다면 일부러라도 회사에 출근해서 상사와 함께 업무를 하고, 상사가 휴일에 출근을 하지 않았다면 자기가 휴일에 출근했다는 것을 어떤 경로로든 상사가 알아볼 수 있도록 흔적을 남겨야 한다. 그러면 상사는 평일에도 크게 관여를 하지 않을 것이다. 왜냐하면 그 사람은 자기의 업무가 있다면 언제든지 자기의 휴일을 반납하는 등 일에 대한 애정을 가지고 있다고 생각하기 때문이다. 상사는 그런 믿음이 가는 부하 직원과 소통하고 싶어 한다는 것을 알아야 한다.

승승을
도모하라

　상사와 상호 원활한 소통을 하기 위해서는 왜 상사와 원활하게 소통을 하려고 하는지에 대한 목적이 뚜렷해야 한다. 어떻게 해야 상사와 원활하게 소통을 할 수 있을까를 고민하기 이전에 왜 상사와 원활한 소통을 하려고 하는가의 본질에 집중해야 한다. 즉, 본질을 알아야 그 본질에 벗어나지 않게 행동하게 된다.

　일반적으로 상사와 원활한 소통을 하려고 하는 주된 목적은 사람에 따라서 다르지만 즐겁게 직장 생활을 하기 위해서다. 결국 상사와 소통을 잘하려고 하는 것은 원만하고 보람찬 직장 생활을 하기 위해서다. 실제로 직장 생활의 모든 것은 상사가 좌지우지한다. 자기가 아무리 좋은 일이 있고 자기 일이 즐겁다고 해도 상사가 계속해서 스트레스를 주면 그로 인해서 일도 재미가 없어지고 정신적으로 피폐해지게 마련이다.

　상사와 원활하게 소통을 하려는 또 다른 목적은 상사와 소통을 통해서 서로 성장하는 기회의 장을 마련하기 위해서다. 상사는 부하를 통해서 성장하고 부하는 상사를 통해서 성장하는 것이다. 말 그대로 교학상장(敎學相長)이다. 서로 배우고 익히는 사이, 대화를 통해서 서로의 성장에 이바지하는 소스를 제공하는 관계가 가장 이상적인 관계다. 그런 측면에서 볼 때, 상사와 부하가 원활하게 소통한다는 것은 상호 승승의 무드를 형성하는 것이라고 볼 수 있다.

사람의 성향에 따라 혹은 성격 유형에 따라서 상호 소통이 되느냐의 여부가 결정된다. 즉, 어떤 상사와 부하는 서로 만나는 것이 오히려 서로에게 스트레스이고 서로가 서로를 미워하는 사이가 되기도 한다. 그런 관계라면 서로 만나지 않는 것이 좋다. 또 어느 한쪽이 손해를 보고 일방적으로 다른 한쪽이 특정하게 이익을 보는 관계도 오래가지 못한다. 그러므로 가능한 상사와 부하의 소통이 서로에게 힘이 되고 서로 승승하는 관계가 되도록 이끌어야 한다.

승-승, 승-패, 패-승, 패-패 등의 4가지 성향을 사전에 생각하고 스스로 진단해서, 승승이 아니라면 어느 정도 수위를 조절해야 하고, 서로가 '패-패'의 관계라면 아예 서로가 무관심한 관계로 지내는 것이 좋다. 일과 역할, 일터는 내가 결정할 수 있지만 그 조직의 상사는 내가 정할 수 있는 것이 아니다. 그렇기 때문에 앞서 말한 바와 같이 상사와 부하가 둘 다 패하는 관계에 있다면 조직을 떠날수는 없으니 바짝 엎드려서 숨을 죽이고 나서지 말아야 한다. 자칫그런 상사와 마주치면 결국은 둘 다 손해를 볼 수 있기 때문이다.

아울러 승패(勝敗)와 패승(敗勝)의 관계라면 부하 직원의 위치에서는 다소 상사가 이익을 볼 수 있도록 해야 한다. 즉, 직장 생활을 하면서 상사와 함께 소통하고 상사와 좋은 관계를 유지하기 위해서는 손

통한만큼 친해지는
통친력

해를 기꺼이 감수하려는 생각을 가져야 한다. 상사를 이겨 먹으려고 하거나 상사보다 더 많은 이익을 챙기려고 하지 말아야 한다. 또한 상사가 이익을 주어도 어느 정도는 고사해야 하고, 그럼에도 불구하고 상사가 애정을 가지고 이익을 챙겨 주면 그때서야 비로소 마지못해 받는 척을 하면서 받아야 한다. 그것이 부하로서 상사를 잘 보필하는 방법이다.

부하의 입장에서는 상사와 수직적인 관계가 아닌 수평적인 관계 선상에서 소통하려고 할 것이다. 즉, 수직적인 관계에서 상사와 소통하는 것에는 어느 정도 한계가 있다고 생각할 것이다. 하지만 조직이나 직장의 특성상 결코 상사와 공식적으로 수평적인 관계 선상에 놓일 수는 없다. 또한 상사가 자연스럽게 친구처럼 지내자고 말을 해도 부하의 입장에서는 결코 상사와의 수직적인 관계를 넘어서지 않도록 해야 한다.

조직의 속성상 수직적인 관계의 먹이사슬은 결코 허물 수 없다. 그러므로 상사와 수직적인 관계 선상에 있다는 것 자체를 인정해야 한다. 아울러 수직적인 관계 선상에서도 수평적인 관계가 되어야 나눌 수 있는 친근하고 진솔한 대화를 나눌 수 있도록 상호 친밀하고 두터운 관계를 형성해야 한다. 신뢰와 존경, 사랑과 우정을 나눌 수 있는 믿음직한 관계가 되어야 한다는 것이다.

그러면서도 늘 부하의 입장에서는 상사는 언제든 토사구팽 한다는 것을 알아야 한다. 권력의 속성상 토사구팽은 만고불변의 진리다. 그런 마음을 가지고 있는 사람이 상사임을 알고 상사와 소통해야 한다.

　또 사람은 누구나 이익을 위해서 움직인다는 것을 염두에 두어야한다. 그러기에 상사의 입장에서는 항상 자기 이익을 챙겨 줄 부하직원을 그때그때 찾는다는 것을 생각한다면, 가능한 언제 어디서든상사가 필요로 하는 역량과 상사의 이익에 도움과 보탬이 되는 재능을 가지고 있어야 한다.

　더불어 상사와 원활하게 소통하는 과정에서 자기도 이익을 봐야하지만, 더욱 중요한 것은 상사가 먼저 이익을 보고 그 이후에 자기도 더불어서 함께 이익을 보는 상황이 되도록 연출해야 한다는 점이다. 모든 것은 자연스러운 것이 좋지만 사람과 사람의 관계에서는어느 정도의 연출과 쇼가 필요하다. 곧이곧대로 하다가는 낭패를 보기 십상이다. 필요하다면 하얀 거짓말도 해야 한다.

상을 받을 자리에서 빠져도
서운해하지 마라

    상사와 일을 하다 보면 감정이 상하는 순간이 발생하곤 한다. 특히 다른 외부 사람이 있는 앞에서 공개적으로 막말을 하거나 하대를 하는 경우에는 자존심이 깡그리 무너지게 된다. 또 업무 초반에 날밤을 세워 가며 힘들게 기반을 잡아 주었는데 그로 인해 일이 정상 궤도에 올라 좋은 성과를 내고 그 성과에 기인하여 상을 받아야 하는 상황이 오면 자기가 제외되는 경우도 있다. 그런 경우에는 상사에게 큰 배신감을 느끼기도 한다.

    그러한 경우는 완연한 토사구팽은 아니지만 부분적인 토사구팽에 해당하는 경우라고 볼 수 있다. 특히 상사의 성향에 따라서 명예를 좋아하는 상사의 경우에는 일을 할 때는 조용히 뒤에 웅크리고 있다가 포상을 받아야 하는 상황에서는 자기가 전면에 나서는 경우가 많다. 그런 상사를 보면 참으로 힘이 빠지게 마련이다. 그럼에도 불구하고 부하는 그런 상사의 행위에 대해서 불평불만을 하지 말아야 한다. 왜냐하면 조직에서 얻어지는 성과는 모두가 상사의 것이기 때문이다. 아니꼬우면 열심히 노력해서 상사가 되면 된다. 그리고 그런 것이 보기 싫다면 상사가 지시해도 일을 하지 않으면 된다.

이처럼 일을 하다 보면 조직의 힘든 일은 모두 자기가 도맡아서 하는 것 같고 뭔가 모르게 자기만 손해 보는 것 같은 생각을 하게 될 때가 있다. 그럴 때면 일이라는 것은 잘하는 사람에게 계속해서 주어지게 마련이므로 자기가 일을 잘하는 축에 끼어서 일을 많이 하게 된 것이라는 생각으로 위안을 삼아야 한다.

하지만 아무리 그래도 사람인 까닭에 일의 성과를 분배하는 상황에서 자신의 헌신적인 희생과 노력이 완전히 배제되고, 주변 사람들의 눈치를 보면서 슬금슬금 일을 했던 사람이 영웅시되는 상황을 보면 그야말로 분통이 터질 것이고 그런 지시를 내린 상사가 한없이 미워 보일 것이다.

하지만 그런 일로 화를 내고 배신감을 느끼고 상사의 기분을 상하게 하는 것은 오히려 자기에게 손해다. 그럴 때는 큰마음으로 그냥 다른 사람에게 양보한다는 생각을 하면 된다. 또한 더욱 큰 포상이 뒤에서 기다리고 있다고 생각하면 된다.

직장에서 상사는 단 한 번 부하의 열정적인 상황을 보고 그것을 좋게 평가하지는 않는다. 더 길게 지켜보는 것이다. 포상을 받을 그릇인지 아닌지를 시간을 두고서 평가하려는 심산일 것이다. 그런 줄도 모르고 일시적으로 희생하고 헌신적으로 노력했다고 해서 자기가 보상을 받고 예우를 받으려고 하는 것은 그리 좋은 복안이 아니라는 점을 알아야 한다.

통한만큼 친해지는
통친력

특히 무슨 일을 하든 자기가 중심이 되어야 하고 주인공이 되어야 한다고 생각하는 사람일수록 상을 받아야 하는 상황에서 열외 되면 서운한 감정을 숨길 수 없을 것이다. 재주는 곰이 부리고 돈은 주인이 챙긴다는 말이 있듯이 애써 상을 받게 분위기를 조성해 놓으니 마치 자기가 이룬 것처럼 모든 것을 낚아채 버리는 상사가 참으로 원망스러울 것이다.

그럼에도 불구하고 그런 상사를 이해해야 한다. 조직은 자기가 하고 싶은 대로 되는 곳이 아니다. 그럴 때는 아직은 자기의 차례가 아니고, 자기에게 운이 돌아오는 시점이 아니라고 생각해야 한다. 또 상사의 입장에서는 부하 직원이 열정을 다해 일하고 전혀 보상받지 못했을 때 그 부하가 어떻게 나오는가를 알아보고 싶어서 일부러 그런 전략을 구사할지도 모른다는 생각을 해야 한다.

그러므로 조직에서 벌어지는 일에 대해서는 그다지 크게 기대하지 않는 것이 좋다. 모든 것은 상사의 시나리오에 의해서 혹은 그 조직을 좌지우지할 수 있는 사람들에 의해서 결정되는 것이라고 생각해야 한다. 자기 차례가 아니라고 생각하면 마음이 편하다. 그리고 직장은 계속해서 한 사람이 모든 것을 가져갈 수는 없는 곳이다. 동기부여 차원에서 어느 정도 균등하고 적정하게 나눠 주는 경우가 많다는 것을 알아야 한다. 생각하기에 따라서 다르겠지만 잘하는 사람에게만 상을 주게 되면 그 사람이 계속해서 상을 받을 수밖에 없다. 하지만 잘 못한 사람에게도 동기부여 차원에서 상을 주게 되면 또 다른 인재를 양성하는 길이 되기도 한다는 것을 알아야 한다.

직장에서는 상사가 아무리 자기에게 서운하게 대해도 서운한 티를 내지 말아야 한다. 그리고 조직에서 오래 살아남기 위해서는 상품이나 승진 등 포상에 집중하지 말고 일에 집중해야 한다. 궁수가 표적을 바라보면서 활시위를 날려야지, 본부석에 있는 트로피를 바라보면서 표적을 맞추려고 하는 것은 모순이다. 마찬가지로, 직장인은 일에 집중한다면 배신의 상처를 받는 일은 훨씬 줄어들 것이다.

상황은
언제든 변한다

회사에서 일을 하다 보면 상사의 지시가 조삼모사와 같이 하루아침에 달라지는 경우가 있다. 상사와 원활하게 소통하고 좋은 관계를 이어 가기 위해서는 갑작스럽게 변화된 환경에도 의연하게 대처해야 한다. 특히 상사의 지시 사항을 일관되게 추진해 왔는데 갑자기 변경된 경우에는 내심 모르는 척해야 한다.

왜냐하면 조직의 일이라는 것은 경영 환경과 윗사람의 판단 그리고 최종 결정권을 가진 사람의 최종 승인에 의해서 얼마든지 상황이 급변할 수 있기 때문이다. 조직의 일에 대한 상황은 부하 직원이 바꿀 수 없다. 상사의 지시이고 조직에서 하는 일인데 자기가 하고 싶다고 해도 할 수 없는 일이 있고 자기가 하기 싫어도 해야 하는 경우도 있다. 모든 것은 조직이 원하는 바를 따라야 한다. 그러기에 상황이 급변해도 상사를 탓하지 말아야 한다. 상사 역시 자신의 상사로부터 오더를 받았기에 어쩔 수 없이 상황을 바꾼 것이라고 생각해야 한다.

상황이 바뀌면 빨리 마음의 변화를 갖고 다른 쪽으로 일의 무게 중심을 이동해야 한다. 일례로 혁신 시범 부서로서 혁신 진단을 받아야 하는데, 갑자기 안전 시범 부서로서 이제는 안전 진단을 준비해야 하는 상황이 도래했다면 혁신 진단에 대한 업무 사항을 뒤로 미뤄 놓고 안전 진단을 받는 상황으로 급회전해야 한다. 그렇지 않고 마음이 혁신 진단에 머물러 있는 것은 죽은 자식 불알을 만지는 것에 비유할 수 있다.

아울러 혁신과 안전의 연계성을 잡아서 혁신 진단을 받기 위해서 준비한 사항을 안전 진단에 응용하고 그렇게 준비하는 과정이 몸에 익었다는 생각으로 예행연습을 한 것이라고 생각해야 한다. 그러면 마음이 편하다.

물론 그런 경우에 일반 직장인의 경우에는 혁신에 대한 업무의 양이 줄어든 것이라는 점에서 업무 피로도가 격감되는 행운을 얻은 것이라고 생각한다. 혁신 수감 업무를 받기 위해 죽어라 일을 해야 하는데 갑자기 다른 부서로 이관이 되었으니 얼마나 좋으랴. 일이 없어져서 일에 대한 스트레스가 줄고 거추장스러운 일이 없어졌더라도 속내를 드러내지 말아야 한다. 열정을 다해서 준비하는 동안 많

통한만큼 친해지는
통친력

은 경험이 되었다는 말을 하면서 긍정적으로 받아들여야 한다. 그러면서 너무도 아쉬워해야 한다. 항상 상사의 입장에서, 성과를 내야하고 조직의 가치를 올려야 하는 관점에서 상황을 분석할 줄 알아야한다.

상사가 업무 상황의 변동에 대해 어떻게 생각할지를 고려해야 한다. 그래서 상사의 마음을 위로하는 것이 중요하다. 또한 상사의 지시에 준하여 후속 대안을 마련하는 데 치중해야 한다. 그래야 상사로부터 상사의 마음을 이해할 줄 아는 좋은 직원이라는 인식을 심어줄 수 있다.

상사가 등용하지 않아도
서운해하지 마라

상사가 처음에는 자주 부르고 곧잘 업무 오더를 주더니, 어느 시점부터는 갑자기 소원해지는 경우가 있을 수 있다. 한창 바쁠 때는 전화통에 불이 날 정도로 울리더니, 시간이 지나자 이제는 전혀 전화를 하지 않고 다른 사람을 앞세워서 업무를 진행할 때가 있을 것이다. 그러면 내심 자신이 그동안 상사의 마음을 사로잡았다고 생각했는데 이제는 변두리로 밀려났다는 생각이 들 것이다. 그러나 그러한 상황에 처해도 결코 서운해하거나 시기하지 말아야 한다.

공자가 『논어』에서 이르기를, 필요해서 불림을 당하면 열정을 다해서 일하고 불필요해서 내침을 당하면 은둔해 있어야 한다고 말한다. 그렇다. 상사 입장에서는 사람을 내치는 것이 아니라 잠시 일의 중요도와 긴급성을 감안해서 업무를 조정하는 것이다. 그러므로 내침을 당했다고 억울해하지도 말고 상사가 잘 이끌어 준다고 해서 너무 경거망동하지 말아야 한다. 오르막이 있으면 내리막이 있고 내리막이 있으면 언제든 오르막이 있을 수 있는 것이 우리네 인생이라는 것을 알아야 한다.

상사도 두루두루 조직원들을 편벽되지 않도록 양성하려고 한다. 특별하게 어느 한 사람을 집중적으로 키우려고 하는 것이 아니라, 가능한 골고루 사람을 키우려고 한다. 그래야 조직의 파워가 어느 한쪽으로 편중되지 않고 상향평준화되기 때문이다.

자기가 잘나가는 경우에는 왠지 모르게 자기가 상사의 최고 측근이 된 것과 같은 생각이 들기도 한다. 또한 상사가 자기를 전폭적으로 신뢰하는 것 같은 느낌을 받기도 한다. 그러다 보면 조직의 소속감이나 조직에 대한 자긍심이 높아져서 왠지 모르게 조직을 위해서 헌신적으로 희생하고 봉사하고 싶은 생각을 하게 된다. 그러다가 자기가 열외되고 상사와의 거리가 멀어지게 되면, 하는 일은 동일한데도 불구하고 마치 자기가 한직으로 밀려난 것과 같은 느낌을 받게 된다.

하지만 그런 상황에 처해도 상사를 원망하거나 자신의 처지를 처량하게 생각하지 말아야 한다. 오히려 이제까지 상사로부터 쓰임을 받았으니 이제는 무딘 칼날을 다시금 갈아야 하는 충전의 시기가 도래한 것이라고 생각하면서 자기 실력을 기르기 위해서 힘써야 한다. 그래서 상사가 다시금 부를 때에는 또 다른 획기적이고 혁신적인 실력을 발휘해야 한다. 괄목상대할 만한 모습을 보이기 위해서 낡은 것을 버리고 혁신적인 실력을 배양하고 준비하는 시간으로 삼아야 한다.

또한 상사가 잘해 주면 상사를 좋게 말하고 상사가 관심을 보이지 않으면 뒤에서 상사의 험담을 하는 사람이라는 이미지를 남길 수 있으므로 내침을 당한 경우에도 상사를 욕하지 말아야 한다. 상사에 대해 오히려 좋게 말하고 상사를 좋은 사람이라며 칭찬하는 사람이 되어야 한다. 그것이 상사로부터 인정받을 수 있고 충성스럽고 변함없이 성실한 사람이라는 인상을 남길 수 있다. 또한 상사의 입장에서는 그런 사람일수록 한 번 더 챙기려고 한다는 점을 알아야 한다.

조직의 일은 분야가 많아서 상황에 따라 혹은 대내외 시황에 따라서 하루에도 수십 번씩 상황이 반전된다. 예측이 불가할 정도다. 그러므로 자기가 내침을 당한 것이 아니라 시대적인 상황 때문에 어쩔 수 없이 그렇게 된 것이라고 인식해야 한다. 상사도 어찌할 수 없을 정도로 시황이 변화되고 있으므로 그러한 선택을 할 수밖에 없다는 생각을 갖는 것이 바람직하다.

통한만큼 친해지는
통친력

상사의 사적인 것은
손대지 말라

상사와 원활하게 소통하기 위해서는 상사의 심기를 편안하게 해드려야 한다. 즉, 상사가 싫어하고 상사의 심기를 건드리는 행동을 하지 말아야 한다. 상사들이 공통적으로 가장 싫어하는 것은 부하가 자신의 영역을 침범하는 것이다. 그런데 공적인 권위상의 침범을 포함한 사적인 영역도 상사의 영역이라는 점을 명심해야 한다.

상사가 없을 때 상사의 책상을 쳐다보는 것을 포함하여 상사의 사적인 물건을 함부로 만지지 말아야 한다. 특히 상사의 사무실이 별도로 칸막이가 되어 있다면, 상사가 없는 시간에 그곳에 들어가지 말아야 한다. 또 상사의 컴퓨터를 보거나 상사의 책상 위에 있는 서류를 보지 말아야 한다.

상사의 책상에서 한번 그러한 극비 서류를 보고 유용한 정보를 얻게 되면, 상사 몰래 상사의 극비에 준하는 업무 사항을 보려는 욕심이 생기게 마련이다. 그래서 자기도 모르게 상사의 책상을 자꾸 기웃거리게 된다. 그러한 것이 상사의 눈에 걸리지 않아야 하는데, 일을 하다 보면 그런 부하 직원의 모습을 언젠가는 상사가 보게 된다는 점을 알아야 한다.

상사와 소통을 잘하고 상사를 보필하기 위해서 상사가 어떤 형태로 업무를 처리하고 상사가 현재 어떤 업무에 치중해 있는가는 상사의 책상을 보면 직감적으로 알 수 있다. 그런 것은 좋다. 하지만 상사 몰래 상사의 사적인 영역에 들어가서 상사만이 알아야 하는 정보를 알려고 하지 말아야 한다. 자칫 그런 사소한 실수 하나로 인해서 상사와 이제껏 쌓아 온 공든 탑이 한 번에 무너질 수 있음을 알아야 한다.

간혹 상사가 부재중에 긴급하게 상사의 컴퓨터를 수리해야 한다든지 상사의 컴퓨터 프로그램을 다시 설치해야 할 필요가 있을 때 상사에게 전화해서 상사의 컴퓨터 패스워드를 물어보는 경우가 있는데, 이는 상사에게 크게 실례를 범하는 것이다. 상사의 컴퓨터는 상사의 전부이고 상사의 비밀이 담겨 있는 곳이므로 비밀번호를 물어봐서는 안 된다.

설령 상사에게 비밀번호를 물어봐도 알려 주지 않을 것이다. 상사에게 비밀번호를 물었는데 알려 주지 않으면 상사가 마치 자기를 불신하고 있다는 생각이 들어서 개인적으로 기분이 좋지 않을 것이다. 또 상사가 비밀번호를 알려 줘도 문제다. 상사의 컴퓨터에는 수많은 보안 관련 자료가 들어 있는데, 혹여 컴퓨터를 잘못 건드려서 상사의 컴퓨터 자료에 이상이 생길 수도 있기 때문이다.

가장 문제되는 것은 상사의 컴퓨터에는 상사의 개인적인 계좌나

통한만큼 친해지는
통친력

주식 거래 등에 대한 내용이 들어 있다는 것이다. 과거처럼 컴퓨터가 정보를 교류하고 교환하며 단순히 업무만 하는 것이 아니라, 이제는 컴퓨터를 통해서 금전거래와 물품거래 등 모든 개인적인 생활을 하고 있다. 그런 측면에서 볼 때, 컴퓨터는 금고보다 더 큰 가치가 있다. 그러므로 상사를 포함하여 다른 사람에게 컴퓨터 비밀번호를 알려 주라는 말은 하지 않는 것이 좋다. 특히 상사의 경우는 더욱 조심해야 한다.

상사의 입장에서는 부하 직원이 자신에게 컴퓨터 비밀번호를 물어보는 것은 자신을 우습게 보거나 혹은 상사의 컴퓨터가 얼마나 업무적인 비밀을 담고 있는지를 모르는 사람이라고 생각할 것이다. 그러므로 상사에게는 컴퓨터 비밀번호를 물어보지 말아야 한다.

리듬을
타라

상사와 원활하게 소통하기 위해서는 나서야 할 때는 나서고 나서지 말아야 하는 시점에는 나서지 말아야 한다. 말을 잘하는 사람은 끊임없이 말하는 사람이 아니라, 말을 해야 할 때와 말을 하지 말아야 할 때를 가려서 하는 사람이다. 낄 때 혹은 안 낄 때를 구분하지 못하고 하고 싶은 말을 계속한다는 것은 오히려 말을 하지 않는 것보다도 못한 결과를 초래할 수 있다. 그러므로 상사와 함께 일을 할 때는 상사의 눈치를 잘 봐서 자기가 나서야 하는 시점과 숨어서 웅크리고 있어야 하는 시점을 잘 잡아야 한다.

일반적으로 상사는 부하 직원이 자기보다 목소리가 크거나 자기가 있음에도 불구하고 신경을 쓰지 않고 자기 마음대로 하는 부하 직원을 가장 싫어한다. 상사는 자기를 꿰다 놓은 보릿자루 취급을 하고 자기의 허락 없이 무엇이든지 마음대로 하는 부하 직원을 싫어한다는 것이다. 그러므로 상사에게서 "수고했다." 혹은 "잘한다."는 칭찬과 격려를 받아도 조용히 숨을 죽이고 쉬어 가야 하는 시점이라고 생각하며 웅크리고 있어야 한다. 그렇지 않고 상사가 잘해 주니 혹은 자기가 잘하고 있다는 생각으로 경거망동하면, 반드시 상사에게 내침을 당하게 될 것임을 알아야 한다.

상사와 함께 계속해서 일을 하다 보면 상사의 일하는 패턴과 업무 스타일을 발견하게 된다. 상사가 하는 행동을 유심히 관찰하면, 상사는 분명히 어느 한 사람에게 편중되게 권력을 주지 않는다는 점을 발견할 수 있을 것이다. 그렇다. 상사는 적정하게 수위를 조절해서 어떤 날에는 A가 주도권을 잡도록 하고, 또 어떤 경우에는 B가 주도권을 잡도록 한다. 권력을 적정하게 분배하는 것이다. 그것이 상사가 펼치는 직장 정치다.

상사가 믿고 맡겼을 때 잘해야 한다. 상사가 알아주고 키워 주며 수고했다고 위로해 주고 성원을 보낼 때 겸손해야 한다. 즉, 자기를 낮추고 상사에게 항상 순종하는 자세로 일에 임해야 한다. 아울러 한번 시끄럽고 요란하게 일했다면 그다음에는 조용히 있어야 한다. 음악에만 고저장단의 리듬이 있는 것이 아니다. 직장에서 일을 하면서도 그러한 리듬에 따라 일을 해야 한다. 이때 리듬과 템포를 결정하는 기준은 바로 상사다. 상사와 업무 코드와 일하는 스타일을 함께해야 한다. 그러기 위해서는 평상시 상사의 업무 스타일이 어떠하고, 또 상사가 부하 직원을 어떻게 대하는지에 대해서 알고 있어야 한다.

상사가 없다고
들뜨지 말라

사무실에 상사와 함께 있을 때는 군소리 한마디도 하지 않고 조용히 있다가, 상사가 출장을 가면 갑자기 좋아서 호들갑을 떠는 사람들이 있다. 상사가 있을 때는 사무실에 고요한 적막이 흐르고 컴퓨터 키보드 두드리는 소리와 간간히 전화벨 소리만 들리더니, 상사가 사무실 문을 나가자마자 기지개를 펴면서 자리에서 일어나 갑자기 유머로 사무실 분위기를 한방에 사로잡는 사람도 있다.

비단 그런 사람뿐인가? 상사가 있으면 컴퓨터에서 온전히 회사 업무만 하던 사람도 상사가 나가자마자 주식이나 쇼핑을 하는 사람도 있고 스마트 폰을 들고 화장실로 돌진하는 사람도 있다. 화장실 안 자기만의 공간에서 카카오톡이나 페이스북을 하면서 시간을 소일하기 위해서다.

하지만 그것은 프로 직장인의 자세가 아니다. 무릇 직장인이라면 회사에서 보내는 시간 동안은 자기 일보다는 회사의 업무에 총력을 기울여야 한다. 왜냐하면 회사에 있는 시간은 자기 시간이 아니라,

통한만큼 친해지는
통친력

회사에서 월급을 주고 그 직원의 시간을 산 것이기 때문이다. 즉, 그 직원이 회사에서 일하는 8시간의 시간은 직원 개인의 시간이 아니라 회사의 시간이다.

자기 개인적인 시간도 자기 마음대로 할 수 없는 사람들이 바로 직장인이다. 그러다 보니 직장에 들어오면 많은 사람들의 눈, 그중에서 감시하는 상사의 눈을 피할 수 없어 억압과 핍박을 받는다고 생각한다. 상사의 눈치를 보랴, 주변 사람들 눈치를 보랴, 자기가 하고 싶은 것이 있어도 자기 마음대로 하지 못한다. 또 늘 마음이 답답하고 기지개를 피면서 맘껏 소리를 지르고 싶어도 참아야 한다. 그러다 보니 항상 스트레스와 긴장의 연속이다. 그 상태에서 상사가 밖으로 나가면 그 억압된 마음이 갑자기 풀리면서 자신도 모르는 사이에 고삐 풀린 망아지처럼 실수를 할 수 있음을 알아야 한다. 그러므로 주의가 필요하다.

사무실 안에는 상사만 있는 것이 아니다. 또 상사만 무서운 사람이 아니다. 정말로 무서운 사람은 바로 옆에 있는 가장 친하게 지내는 동료다. 특히 말이 많고 상사에게 험담하는 것을 좋아하는 동료라면 치명적이므로 그런 사람들과 함께 있을 때는 더 긴장해야 한다.

서로가 말을 하지 않아도, 사무실에서 상사의 눈치를 보면서 일하는 사람이 누구이고 상사가 있든 없든 자기에게 주어진 일을 변함없이 하는 사람이 누구인가를 다 안다는 것이다. 그러므로 상사가 없을 때 농땡이 치는 상습범으로 낙인이 찍히지 않도록, 상사가 없을 때 더욱더 성실한 마음으로 자기에게 주어진 일을 해야 한다.

눈치껏
하라

　실력이 없으면 눈치라도 있어야 한다는 말이 있다. 말 그대로 조직 생활을 하면서 리더에게 인정받고 타의 추종을 불허하는 정도의 실력이나 역량이 없다면 상사에게 밉보이지 않을 정도의 눈치가 있어야 한다. 그래서 상사의 눈 밖에 나지 않도록 눈치껏 행동해야 한다. 아울러 상사가 말을 하지 않아도 무엇을 원하고 있는지에 대해서도 알아야 한다. 그것이 진정으로 상사의 마음에 맞는 직장 생활을 하는 것이다.

　자신의 실력이 뛰어나고 재능이 출중하다고 해서 상사의 눈치를 보지 않고 자기 마음대로 생각했던 바를 주도적으로 하려는 사람도 있는데, 그것은 상사를 아웃사이더로 만드는 것이다. 상사는 자신을 무시하고 주도적으로 일하는 부하 직원보다는 상사의 속마음을 헤아려 주는 부하 직원을 더 좋아한다.

　상사도 사람이다. 신이 아니다. 또한 마냥 죽도록 일만 하려고 회사에 출근한 것이 아니다. 상사도 피곤하면 휴식을 취하고 싶어 한다는 것을 알아야 한다. 상사의 속마음을 알고서 그 속마음을 달래

통한만큼 친해지는
통친력

주고 상사의 그런 속마음에 맞게 행동하는 부하가 되어야 한다. 그런 부하 직원이 되기 위해서는 눈치가 있어야 한다. 특히 상사의 컨디션을 읽고, 상사가 하는 말의 본질이 무엇인지를 알고 상사를 보필해야 한다.

긴장의 끈을
놓지 마라

상사는 부하가 잘하고 있어도 습관적으로 테스트를 한다. 그러므로 상사와 좋은 관계가 유지되고 원활하게 소통하더라도 자만해서는 안 된다. 상사와 연관된 사항에 대해서는 그 어떠한 경우에도 긴장을 늦추지 말아야 한다.

상사는 잘하고 있고 잘나가고 자신과 친하게 잘 지내는 부하 직원은 다른 직원보다 더 세심하게 관찰한다. 일명 측근을 관리하는 것으로, 자기를 등에 업고 후광효과로 권력을 행사하는 것은 아닌가를 예의 주시한다. 그래서 자기에게 잘하는 부하, 소통이 잘되는 부하일수록 그의 진실성을 가끔씩 테스트하여 그 부하가 자기에게 충성하고 있는지 혹은 자기에게 충성하지 않고 사익만 챙기는 것은 아닌지를 확인한다.

그러므로 상사와 친밀하거나 상사와 소통을 아주 잘하고 있고 조직의 중요한 문제를 상사의 지척에서 매일 상의하고 있다고 해서 거드름을 피우거나 어깨에 힘을 주는 등 자만하지 말아야 한다. 호사

다마(好事多魔)다. 좋은 일에는 마가 끼게 마련이다. 가능한 잘나갈 때는 조심해야 한다. 자칫 잘나갈 때 긴장을 늦추고 자만하여 거드름을 피우다가는 상사의 눈 밖에 날 수 있다.

중국 고전의 『장자』나 태공망 강태공이 쓴 『육도삼략』에도 아랫사람을 테스트하는 방법이 수록되어 있다. 또 제갈공명도 부하를 시험하는 방법에 대해 『병법』에 수록했다. 이처럼 예나 지금이나 상사의 입장에서 항상 불안하게 생각하고 있는 것은 부하 직원이 자기를 배반할 것인가 하는 문제다.

또 가장 큰 배신과 가장 큰 아픔은 자기와 제일 친하게 지내는 사람의 배반이라는 것을 누구보다 잘 안다. 그래서 늘 부하와 적정한 거리를 두려고 하는 것이 상사의 심리다. '불가근불가원(不可近不可遠)'이라는 말이 있듯 상사는 부하와 너무 가깝지도 않고 너무 멀지도 않는 거리를 유지하면서 지내려고 한다. 그래야 부하에게 신비감을 유지할 수 있고, 상사로서 권위를 잃지 않고 품위를 유지할 수 있기 때문이다.

그러한 상사의 심리도 모르고 계속해서 상사가 잘해 주고 친근하게 대해 주니 자만해서 너무 방만해진 나머지 상사의 머리 꼭대기에 오르려고 하는 사람이 있는데, 그런 점을 특히 주의해야 한다. '100−1=0'이라는 말과 '깨진 유리창의 법칙'이 있듯 사소한 것 하나로 인하여 그동안 상사와 애써 쌓아 왔던 공든 탑이 한꺼번에 무너질 수도 있음을 명심해야 한다.

그런 점에서 볼 때, 어떻게 생각하면 상사와 좋은 관계를 유지하고 원활하게 소통하기 위해서는 일부러 상사와 가까워지려고 애써 노력할 필요가 없다고 생각할 것이다. 또 애써 상사와 친하게 지내려 하지 말고 상사가 부르면 그때 가서 상사의 궁금증을 해소해 주는 것이 롱런할 수 있는 방법이라고 생각할 것이다.

하지만 그것은 좋은 생각이 아니다. 이왕 하는 조직 생활이라면 그 조직의 상사를 올바르게 보필하는 부하의 역할을 다해야 한다. 상사와 원활하게 소통하면서 상사를 보필하는 것이 부하의 가장 중요한 역할 중 하나다. 그렇게 볼 때 상사와 원활하게 소통하지 않고 상사와 멀리 떨어져 생활을 한다거나 일부러 상사를 피하는 것은 부하의 역할을 다하지 못하는 것이다.

그러므로 설령 상사와 소통하지 않아도 묵묵히 그의 지척에서 보필하려는 마음을 지녀야 한다. 즉, 상사와 친하지 않아도 상사의 지척에서 그림자처럼 말없이 보필하는 것도 상사와 좋은 소통을 하는 것이다.

굵고 짧게 직장 생활을 하기보다는 가늘고 길게 직장 생활을 하고 싶다면, 상사의 지척에 있지 말고 다소 떨어진 곳에서 상사를 보필해야 한다. 조용히 침묵하면서 상사의 영향력이 미치지 않는 곳에서 마치 강 건너 불구경하는 것처럼 상사를 보필하는 것도 지혜로운 처세다.

아울러 보다 지혜로운 부하는 상사와 원활하게 소통하고 친밀하게 지내며 상사의 후광 효과를 최대한 누리면서 적정한 시점에 충성 맹세를 한다. 결코 상사와 친하다고 해서 상사의 권한을 믿고 사적으로 권력을 행사하지 않으며, 언제든 상사를 위해서 권력을 활용하되 상사를 보필하는 데 최선의 노력을 다하고 있음을 계속해서 상사에게 주입시킨다. 자기가 충의지사라는 생각이 들도록 수시로 상사에게 어필함으로써 상사의 의심에서 벗어나는 것이다. 그 역시도 지혜로운 직장인의 처세술이라고 볼 수 있다.

직장의
충의지사가 되어라

상사와 소통을 함에 있어서 충의로 소통을 하라는 것은 과거의 충의지사와 같은 사람이 되어야 한다는 말이다. 단순히 상사에게 정성을 다하고 상사의 감정이 상하지 않도록 하는 마음 자세가 아니라, 그야말로 상사가 죽으라고 하면 죽는 시늉이라도 할 정도로 상사에게 완전히 순종해야 한다.

요즘에는 나라와 민족을 위해 목숨을 바친 선열들이나 군인들과 같은 충성심을 접하기가 어렵다. 기껏해야 국가 대표로 선발되어 국가를 위해서 애쓰는 선수들의 애국심이나 타국에서 일하는 동포들의 애국심에 비견되는 정도의 충성심만이 있을 뿐이다.

요즘처럼 직장에서 일하는 직장인들에게 과거 선열들이나 군인들과 같은 충성심을 운운할 수는 없다. 현재 시점에 과거와 같이 나라를 위해 목숨을 걸고 호국 정신으로 국방의 의무를 실현할 수는 없다. 그렇게 볼 때, 오늘날 직장에서의 충성심은 상사에게 충심을 다하는 것에 비할 수 있다.

즉, 과거와 같은 환경에서는 나라를 위해서 목숨을 거는 것이 충성심의 발로였다면 현재 시점에서의 그러한 충성심은 직장에서 발휘되어야 한다. 특히 직장인의 경우에는 직장을 통해 생계를 유지하고 자아 발전을 도모하며 국가 경제 성장에 이바지하는 것이 바로 애국에 해당하는 것이라고 볼 수 있다. 그러기에 직장에서 상사와 일을 할 때는 군인이 상관의 명령에 절대 복종하고 가솔들이 주인의 말을 듣듯이 순명한다는 충심으로 상사를 대해야 한다. 상사에게 충심을 다하는 것이 바로 애국애족의 길이기 때문이다.

충의로 상사와 소통한다는 것은 상사에게 가식적이지 않고 진정을 다하는 것을 의미한다. 단순히 형식적으로 상사를 대하는 것이 아니라, 온전히 모든 것을 상사를 위해서 다 바치겠다는 정성스런 마음을 의미한다. 이것은 가정에서 자녀가 부모에게 효를 다하는 것과 같고, 동료 간에 서로 신의와 의리를 지키는 것과 같다. 즉, 상사에게 우리가 일상생활에서 지켜야 하는 근본적인 삼강오륜(三綱五倫)을 실천하는 것도 충심이라는 것이다.

충심은 충성스러운 마음이다. 충성은 진심으로 우러나는 정성스런 마음을 의미한다. 또 충의는 충성과 절의를 아우르는 말이다. 절의는 부부간의 관계에서는 정절로, 친구 간에는 신의로, 국가와의 관계에서는 충으로 이어지는 덕목이다.

사람과 사람 간에 소통이 잘되기 위한 가장 기본적인 요건은 서로 간에 지켜야 하는 도리를 잘 지키는 것이다. 서로가 서로의 역할과 책임에 준하는 도리를 다할 때 상호 원활한 소통이 가능하다. 마찬가지로 상사와 부하 역시 서로를 위해 도리를 다해야 한다. 그것이 바로 충의다.

『논어』에 이르기를 군주가 신하에게 예(禮)로 대하면 신하는 군주에게 충(忠)으로 답을 한다고 말한다. 이를 직장인 버전으로 해석한다면, 상사가 부하에게 예를 다해야 부하가 상사에게 충으로 보답한다는 것이다. 이 말인즉 상사가 부하에게 충의를 다해서 소통하라고 먼저 요구할 것이 아니라, 상사가 먼저 부하에게 예를 다할 때 부하가 상사에게 충의를 다한다는 말이다.

하지만 한국 사회는 아직도 탑다운(top-down) 조직 문화가 만연하다. 수평적인 조직보다는 수직적인 조직이 많다. 즉, 위에서 내리는 지휘와 명령, 지시에 의해서 조직이 움직이고 있다. 직장도 마찬가지다. 가족 같은 기업, 벽이 없는 조직이라고 말하지만 아직도 우리나라의 직장 문화는 상사가 무소불위의 권력을 가진 실권자가 되는 문화다. 그러기에 그런 권력을 가진 상사가 먼저 기득권을 내려놓고 마음을 비우고 부하에게 예를 다한다면, 부하는 이에 감동하여 충의로 소통할 수밖에 없을 것이다.

통할만큼 친해지는
통친력

허세 부리다가
큰코다친다

상사와 원활하게 소통하기 위해서는 상사와 함께 있을 때 자기의 자존심을 챙기려고 하지 말아야 한다. 대부분의 경우 상사와 단둘이 있을 때는 자기의 자존심을 내려놓는다. 어차피 상사에게 깨지고 밟혀도 상사와 자기 둘만의 관계에서 벌어지는 일이기에 그다지 자존심이 상한다고 생각하지 않기 때문이다.

하지만 상사와 단둘이 있는 경우가 아니라 다른 사람이 있을 때나 자기와 친한 사람들이 있는 앞에서 자기를 무시할 때는 감정이 격해지기 마련이다. 그래서 객기를 부리는 경우가 있다. 그간 잘 참아왔는데 이제는 더 이상 참을 수가 없다며 상사에게 정면승부를 거는 부하들도 있다. 하지만 그럴수록 더 참아야 한다.

상사마다 취향이 다르다. 다른 사람들이 없을 때에는 상사라는 것을 내색하지 않다가 유별나게 다른 사람이 있으면 야단법석을 떨고 그 권력을 드러내고 싶어 하는 상사가 있는 반면, 일할 때에는 상사라는 것을 드러내다가 다른 사람들이 있으면 오히려 직원들을 잘 배려하는 상사도 있다.

　최근 들어 강자들의 갑(甲)질이 사회적인 문제가 되고 있다. 부자이면서 권력을 가진 소위 상류층 사람들이 비교적 서민층에 있는 사람들에게 갑(甲)질을 하고 핍박하여 사회적인 문제로 대두되고 있다. 이제는 사회적인 약자를 보호해야 하는 시기다. 그런 점에서 볼 때, 상사가 부하에게 함부로 하는 것은 분명히 갑질에 해당한다고 볼 수 있다.

　특히 어떤 상사는 막말을 하고 욕설을 하는가 하면, 심지어는 특정한 부하 직원을 조직에서 왕따시키는 경우도 있다.

　대개 상사의 갑질에 해당하는 언어폭력을 당하는 사람은 바로 앞서 말한 바와 같이 자기의 자존심을 모두 내려놓고 상사에게 온전히 순종하는 사람이다. 상사의 입장에서는 그런 사람들에게 더 잘해야 하는데, 그런 사람들을 병신이나 약자로 취급하여 스트레스를 해소하는 정신적 샌드백으로 취급하는 경우가 많다.

　그러기에 상사와 원활하게 소통하기 위해서는 자기의 자존심을 완전히 내려놓되 때로는 상사가 함부로 할 수 없도록 매서운 맛도 보여야 한다.

　그럼에도 불구하고 상사의 부하로서 상사와 소통을 하기 위해서는 타인의 앞에서 자존심이 상하더라도 어느 정도 상사의 위신을 챙겨주어야 한다. 곧바로 화를 내지 말고 참으라는 것이다. 상사가 한껏 자기 권력의 나르시시즘을 느끼도록 해야 한다.

　하지만 인격적인 도를 넘어서거나 상사로서 부하에게 해야 하는 범위를 넘어서는 경우에는 상사에게 그 서운한 마음을 전해야 한다. 또 그런 일이 재발하지 않도록 상사와 함께 협의를 해야 한다. 그렇게 해도 상사의 그런 잘못된 언행이 개선되지 않으면 그때 감독 기관이나 인사부서에 제보해서 그러한 악습이 없어지도록 해야 한다.

　어떤 직원은 좋은 게 좋은 것이라는 생각으로 자존심이 상해도 참는데, 상사의 악습은 조직의 문화가 되고 습관이 된다는 점에서 상사 혼자만의 것이 아니다. 부하를 인간으로 대하지 않고 한낱 자기 명령에 죽고 지시에 따라 움직이는 소모품으로 보는 상사는 조직 분위기를 저해시키는 암적인 존재다. 그러므로 그런 상사는 정의의 사도의 이름으로 조직에서 내쳐야 한다.

　상사와 원활하게 소통하기 위해서 자존심을 내려놓아야 한다는 것은 인간 이하의 취급을 받고 인간이 아닌 도구로 대하는 상사의 무례한 언행에 참아야 한다는 것을 의미하는 것이 아니다. 아직도 직장에는 상식 밖의 상사들이 많다. 준비되지 않은 리더가 상사가 되어 조직을 이끌다 보니 선의의 피해를 모두 감수해야 하는 부하들이 많다. 대부분의 직장인들이 그런 악당 같은 상사가 있어도 함부로 대들지 못하고 참는 것은 그런 악당에게 맞서 봤자 결국은 자기만 피해를 보기 때문이다. 그래서 똥이 무서워서 피하는 것이 아니라 더러워서 피한다는 생각으로 자존심이 상해도 참고 생활한다.

그런 부하 직원의 마음을 알아야 하는데, 악당 같은 상사는 자기의 말 한마디에 쩔쩔매는 부하들을 보면서 자기의 리더십이 잘 통하기에 그런 것이라고 생각한다. 또 그래도 자신은 다른 리더들에 비하면 양호한 편이라고 스스로를 좋게 평가한다.

상사의 입장에서 부하들이 자기에게 소통하기를 꺼려한다면 자기가 부하들의 자존심을 심히 상하게 하지는 않았는지를 항상 돌아봐야 한다. 몸에 난 상처는 쉽게 아물지만 마음에 난 상처는 쉽게 아물

지 않는다. 몸의 상처는 시간이 지나면 완치되지만 사람에게서 받은
마음의 상처는 결코 쉽게 치유가 되지 않는다는 점을 알아야 한다.

직장인 팔로워십 II

통하는만큼 친해지는

통친력

2.

업무業務로
소통하라

메일로 일하는 모습을 상사에게 알려라
상사의 메일에 즉시 응답하라
평판과 이력을 관리하라
상사의 실적을 관리하라
자기만의 특별한 무기를 지녀라
상사 앞에 모습을 자주 드러내라
최소화의 법칙에 걸려들지 마라
하나를 하더라도 제대로 하라
이에는 이, 눈에는 눈이다
상사는 매일 일하는 부하를 좋아한다
장기 휴가 가기 전날 더 잘하라
상사의 스트레스를 관리하라
상사의 스케줄을 관리하라
상사에게 보고 또 보고하라
회의석상에서 상사와 소통하라
상사의 동정을 살펴라
일을 시작하는 시점에 동참하라
일찍 출근하고 늦게 퇴근하라
출근해서 당일 할 일을 자진해서 고하라
상사의 일을 방해하지 마라
할 일이 없다고 손을 놓지 마라
일로 승부를 걸어라
불필요한 짓이라도 자료를 모아라
상사의 기분을 고려하여 보고하라
조직에 대한 것은 무조건 보고하라

메일로 일하는 모습을
상사에게 알려라

　상사와 원활하게 소통하기 위해서는 상사의 눈에 자주 띄어야 한다. 눈에서 멀어지면 마음에서 멀어진다는 말이 있듯 상사의 눈에 자주 띄지 않으면 상사의 기억에서 잊힌다. 아무리 보기 흉하고 마음에 들지 않아도 반복해서 보면 에펠탑 효과가 말해 주듯 좋아지게 된다. 그러므로 가능한 상사의 눈에 들도록 노력해야 한다. 당당하고 열정을 다해서 일하는 근면 성실한 모습을 자주 보이며, 게으르고 나태한 표정으로 상사의 눈앞에 나타나지 않도록 해야 한다.

　종전에는 상사의 눈에 잘 보이기 위해서 상사가 자주 가는 장소에 미리 가서 상사에게 좋은 모습을 보였다. 상사가 가는 교회 혹은 상사가 자주 가는 테니스장이나 골프장을 왕래하면서 상사에게 눈도장을 찍기 위해 노력했다. 그러다가 이제는 시대적인 변화에 따라 오프라인에서 만나기보다는 SNS 등의 온라인에서 만나는 경우가 많다. 물론 그래도 온라인보다는 오프라인의 특정된 장소에서 특별한 시간에 우연히 만나는 기적을 연출하여 상사와 좋은 관계를 유지하는 것도 좋다.

그럴 기회가 많지 않은 사람이라면 가능한 자기가 하는 일을 회사 메일에 자주 올려서 자기가 하는 일을 상사가 많이 알도록 하는 것이 좋다. 배회경영과 현장경영이 답이라고 해서 현장 이곳저곳을 자주 배회하면서 직원들과 직접 만나는 상사도 있다.

그러나 하루 8시간이라는 짧은 시간에 그 많은 사람을 다 만날 수 없고, 그 짧은 순간에 많은 사람의 업무를 일일이 다 파악할 수도 없다. 특히 회의나 공식적인 보고, 세미나를 비롯한 기타 워크숍에 참석하는 등 상사의 개인적인 업무가 많기 때문에 정작 자기 조직원들이 무슨 일을 어떻게 하고 있고 어느 정도의 업무 부하를 겪고 있는지에 대해서 파악할 시간적인 여유가 없다. 그런 상사에게 자주 눈에 띄는 가장 좋은 방법은 직장에서 공통으로 쓰는 메일에 자기의 업무 관련 메일을 자주 보내는 것이다.

혼자 조용히 남이 알아주든 말든 자기 일을 묵묵히 하는 것이 좋고, 너무 부산을 떨면서 별일도 아닌데 공용 메일에 올리는 것은 그리 좋은 처사가 아니라고 말하는 사람도 있다. 하지만 상사의 눈에 띄기 위해서는 일에 사랑과 애정과 정성을 담고서 열정적으로 일한다는 것을 조용히 갈무리하지 말고 정기적 혹은 주기적으로 게시에 올려야 한다.

또 공용 메일에 자신의 업무를 올릴 때는 자기 업무를 상사에게 서면보고한다는 차원에서 올려야 하며 일정한 시간, 특정한 시점에 주기적이고 정기적으로 자료를 올림으로써 다른 사람들이 그 시점에는 당신의 자료를 볼 수 있도록 자기의 자료 존(zone)을 형성해 두는 것이 좋다. 일례로 매주 월요일 아침 8시에 한 주간의 계획 업무 사항을 보내고 매주 금요일 오후 6시에 한 주간 종합성과 자료를 보내는 등 특정한 시간에 특정 메일을 보내는 것이 좋다. 그래야 사람들도 그 자료를 보기 위해서 그 시간에 그 메일을 볼 것이다.

물론 메일을 상사만 특정해서 보내는 것은 아니다. 상사를 포함하여 다른 사람들도 함께 볼 수 있도록 일반 업무 메일로 보내야 한다. 이때 메일에 오타가 없도록 하고 맞춤법과 띄어쓰기도 잘 맞춰서 작성하도록 특별히 조심해야 한다. 만일 발송 후에도 오타가 있다면 다시금 회수해서 다시 발송해야 한다.

또한 상사의 예하 부서가 아닌 다른 부서로 메일을 보내는 경우에는 상사와 조직에 누가 되지 않도록 해야 하고, 그런 특별한 메일을 보내야 하는 경우에는 상사에게 사전에 보고를 해야 한다. 그래야 나중에 메일을 보내고서 생길 수 있는 논란을 예방할 수 있다.

특별히 일반 메일로 보내는 업무 사항은 사전에 상사에게 지침을 받은 사항이나 상사의 승인을 받은 사항에 대한 업무 메일이여야 한다. 그렇지 않고 상사의 허락이나 승인 없이 자기 마음대로 새로운 제도를 만들어서 시행하거나 업무의 프로세스를 바꿔서 메일로 다른 사람에게 공지하는 것은 조직의 위계질서를 흐리게 하고 조직의 기강을 흔드는 근본 원인이 된다는 것을 명심해야 한다. 자칫 메일을 보내지 않아도 되는 메일을 보내서 상사의 심기를 좋지 않게 하거나 오히려 조직에 악영향을 미칠 수 있으므로 조심해야 한다.

아울러 조직에서 메일을 보낼 때는 가능한 상사가 좋아하고 상사의 철학이나 평상시에 상사가 자주 언급했던 내용들이 메일에 잘 새겨지도록 해야 한다. 또 자기가 단독으로 업무를 처리하는 것이 아니라, 상사가 모든 것을 지시하고 통제하고 있으며 자신은 상사의 지침에 따라 그것을 실행하는 사람이라는 것을 메일 안에 담아야 한다. 그것은 상사에게 아부하는 것이 아니라, 다른 사람들도 실무자를 우습게 생각하지 않고 상사의 지침에 의해서 움직이는 것이라는 점에 공감하게 하기 위함이다.

상사의 메일에
즉시 응답하라

    상사에게 메일로 업무 지침이 오면, 이를 수신했다는 메시지를 즉시 회신해야 한다. 군대에서 상관이 명령하면 그에 대해서 복명복창을 하고 그 상사가 지시한 사항에 대해서 정확하게 숙지를 한 다음에 행동한다.

    이와 마찬가지로, 상사가 메일로 업무 지침을 내리면 그 메일에 대해서 즉시 응답해야 한다. 그래서 그 메일에서 지시한 업무 사항이 어느 정도 시간이 걸릴지 넉넉잡고 그 기한 이내에 보고하겠다는 것을 구두나 메일로 상사에게 즉시 보고해야 한다.

통한만큼 친해지는
통친력

또 상사가 지침을 내릴 때 문자로 지시하면 문자로, 메일로 지시하면 메일로, 또 구두로 지시하면 구두로 즉시 상사에게 응답하는 것이 좋다. 중요한 것은 상사가 부하 직원에게 어떠한 업무 지침이나 지시를 내렸는데 아무런 대답을 하지 않는다는 것은 상사 입장에서는 자기를 무시하는 처사라고 생각한다는 점이다.

그러므로 즉시 상사에게 응답의 답장을 보내야 한다. 만일 그렇지 않고 상사가 원하는 기한을 정해 줬으니 그때까지 처리해서 그 기한 이내에 보고해도 된다는 생각으로 상사에게 즉시 회신을 하지 않는다면, 상사는 그 부하 직원이 자신을 우습게 여긴다고 생각할 것이다.

평판과 이력을
관리하라

상사와 원활하게 소통하기 위해서는 평판이 좋아야 하고 이력도 튼실해야 한다. 두 마리 토끼를 잡는 것과 같이 상사 입장에서는 이력과 평판이 둘 다 좋은 부하 직원과 소통하기를 원한다. 또 다소 이력은 화려하지 않아도 평판 좋은 부하 직원과 친하게 지내려고 한다. 왜냐하면 부족한 이력은 가르쳐서 채울 수 있지만, 성품과 태도 측면으로 분류되는 평판은 쉽게 고칠 수 없기 때문이다.

이력은 자기가 개인적으로 노력해서 쌓을 수 있는 개인적인 스펙이고 평판은 남이 써 주는 이력이다. 즉, 자기가 아무리 재능이 출중해서 좋은 이력을 쌓았다고 해도 타인에게 좋은 점수를 얻지 못하면 사회생활을 하는 데 불리하다. 아무리 자기 실력이 뛰어나고 자부심과 자신감이 크더라도 결국 남과 더불어 함께 생활해야 하는 조직 생활에서는 타인의 평판이 매우 중요하다. 즉, 아무리 황금빛 찬란한 공적과 이력을 쌓았다고 해도 남이 그것을 인정해 주지 않으면 그것은 좋은 공적이 아니다.

그러므로 조직에 들어오기 전에는 이력을 쌓고 스펙을 늘리는 데 주력했다면, 조직 안에서 생활할 때는 주변 동료들을 포함하여 다른 사람들과 좋은 관계를 나누는 데 주력해야 한다. 그래서 상사가 보기에 평판이 좋은 부하 직원이라는 이미지를 남겨야 한다.

상사 입장에서는 일을 잘하는 사람도 좋지만, 평판 좋은 사람과 함께하는 것을 더 좋아한다. 그 사람의 릴레이 소개로 다른 인재를 얻을 수 있고, 조직의 안정을 도모할 수 있기 때문이다. 물론 일을 잘하는 사람과도 소통하지만 평판이 좋은 사람처럼 오랜 시간을 함께 대화하지 않는다.

관계보다는 성과를 좋아하는 사람이 주로 실수하는 것은 성과를 내고 일을 열심히 하면 상사와 원활하게 소통할 수 있다고 착각한다는 것이다. 조직이기에 성과를 많이 내는 이력이 높은 사람이 최고의 대우를 받을 것이라는 생각에, 좋은 평판을 유지하고 주변 사람들과 좋은 관계를 유지하기보다는 자기 잘난 맛에 일에 몰입하여 성과를 내는 데 주력한다.

하지만 그것은 조직 생활을 제대로 하는 것이 아니다. 물론 성과를 내는 것도 중요하지만, 그 성과는 혼자 열정을 다해서 내는 성과가 아닌 다른 조직원들과 합심하여 내는 성과여야 한다. 상사는 그런 부하 직원을 원한다. 왜냐하면 혼자 내는 성과는 오래가지 못하지만, 다소 저조한 성과를 내더라도 조직원들이 힘을 모아서 이뤄내는 성과는 시간이 흐를수록 더 많은 성과를 내고 오래도록 성과가 나온다는 사실을 알기 때문이다.

조직은 혼자 이뤄 가는 성과가 아닌 조직원들이 상호 조직적·체계적으로 역할을 분담하여 조직에서 추구하는 공동의 목표를 달성하는 것이 본질임을 알아야 한다. 그러므로 성과 위주로 생활하는 사람은 가능한 관계 위주의 생활, 즉 일에 중점을 두는 조직 생활이 아니라 사람 중심의 조직 생활을 해야 한다.

어떻게 생각하면 이력은 개인의 성과에 대한 차원이고, 평판은 관계에 대한 차원이다. 그러므로 이력과 평판, 성과와 관계라는 두 마리 토끼를 동시에 잡을 수 있도록 힘써야 한다.

성과와 관계, 이력과 평판을 따로 떼어 관리하는 것이 아니라 상호 융합되고 합체되도록 관리해야 한다. 이왕 쌓아 가는 이력이라면 이력을 쌓은 것이 평판이 되도록 해야 한다. 또 성과를 낼 때도 혼자서 성과를 내기보다 다 함께 공동으로 힘을 모아 성과를 내야 한다. 아울러 좋은 성과가 나오는 만큼 좋은 평판이 쌓이도록 해야 한다. 그래야 그로 인해 상사가 성과나 관계를 동시에 추구하는 자리에 당신을 부를 것이다.

상사가 조직을 관리하다 보면 경영 환경에 따라 어떤 날에는 성과를 중요시하는 시점이 있고, 또 어떤 날에는 노사 관계가 중요시되는 날이 생기게 마련이다. 또 두 가지가 동시 다발적으로 중요시되는 시점도 있다.

그러므로 무릇 좋은 부하, 착한 부하, 충성스런 부하라면 시시각각 변하는 경영 환경에서 어떤 환경이 도래해도 이슈가 되는 것으로 상사를 보필할 수 있도록 다방면에 걸쳐 이력과 평판을 함께 관리해

통할만큼 친해지는
통친력

야 한다. 상사는 그런 부하 직원과 오래도록 소통하고 좋은 관계를 유지하기를 원한다. 왜냐하면 그런 부하 직원과 이야기하는 과정에서 다양한 정보를 얻을 수 있고, 자신이 부족한 것을 그 부하 직원을 통해 채울 수 있기 때문이다.

야구에서 양쪽 팔을 다 쓰는 타자를 '스위치 타자'라고 하는데, 야구 감독은 투수의 성향에 따라 패를 달리 할 수 있는 스위치 타자를 좋아한다. 마찬가지로, 야구 감독과 같은 위치에 있는 상사 역시 조직의 전략을 수립하고 조직을 이끄는 입장에서는 경영 환경에 따라 그 패를 달리할 수 있는 부하 직원을 선호한다. 따라서 언제든지 상사가 필요로 할 때 상사의 고민을 해결해 주는 멀티 플레이어와 같은 부하 직원이 되어야 한다.

상사의 실적을
관리하라

상사와 원활한 소통을 하기 위해서는 상사가 인정하는 사람이 되어야 한다. 사람이 사람의 마음에 들고 그 사람으로부터 인정을 받는다는 것은 참으로 어렵다. 그래서 『어린 왕자』에서는 세상에서 가장 어려운 것이 '사람의 마음을 얻는 것'이라고 했다. 그만큼 사람의 마음을 얻는다는 것은 참으로 어려운 일이다. 하물며 상사라는 사람의 마음에 드는 부하가 되기는 얼마나 어려울까?

상사의 마음에 드는 부하 직원이 되기 위해서는 최우선적으로 상사가 인정하는 정도로 업무를 잘해야 한다. 조직이나 직장에서 가장 기본이 되는 것은 자기에게 주어진 역할과 책임을 제대로 하는 것이다. 그것을 기본적으로 잘하지 못하면 다른 것을 아무리 잘해도 인정받지 못한다. 그러므로 조직에서 인정받고 상사로부터 눈 밖에 나지 않기 위해서는 전문가로서 자기에게 주어진 역할과 책임을 완수해야 한다.

아울러 상사에게 더 좋은 부하로 인정받고 상사와의 마음의 거리

통한만큼 친해지는
통친력

를 더욱 좁히기 위해서는 조직의 실적을 높이는 데 힘써야 한다. 상사는 조직을 관리하는 수장으로서 눈코 뜰 새 없이 생활하는 가운데에서도 조직의 대외적인 지표나 지수에 대해서 신경을 쓸 수밖에 없다. 조직이라는 속성상 아무리 잘해도 대외적으로 나타나는 실적이 좋지 않으면 무용지물이기 때문이다.

조직 분위기가 좋고 강한 조직이라는 것은 웃고 떠들면서 즐겁게 보내는 것을 말하는 것이 아니다. 조직 분위기가 좋아야 하고 서로가 소통을 잘해야 하는 이유는 궁극적으로 조직의 성과를 올리기 위함에 있음을 명심해야 한다.

이와 함께 상사가 신경을 곤두세우고 있는 것은 인사고과다. 물론 조직의 수장으로서, 한 단체를 이끄는 조직의 리더로서, 조직이나 단체의 실적이 좋아지면 당연히 자기 개인의 실적이 좋아지는 것은 당연하다. 단체의 실적이 좋아지면 리더 개인의 실적이나 성적 그리고 승진에 필요한 점수가 올라가기 때문이다.

일반적으로 기업에서는 조직의 수장을 평가할 때, 그 항목을 조직의 성과와 개인의 성과로 분류해서 실시한다. 그래서 기업의 특성에 맞게 혹은 그 리더의 역할과 책임에 따라서 가중치를 부여하여 평가하고 있다. 그래서 리더들이 좋은 평가를 받기 위해서는 개인의 실적도 좋아야 하고 조직의 실적도 좋아야 한다.

그런 점에 입각하여 부하 직원은 조직의 실적은 물론 상사의 개인 인사 승진에 필요한 실적도 관리해 주어야 한다. 상사는 조직 관리에 열중하다 보면 정작 자기 개인의 실적 관리에는 등한시하기 때문이다. 그러므로 조직의 성장을 위한 실적도 관리해야 하고 상사의 개인 승진에 필요한 인사 고과 성적이 잘 나올 수 있도록 암암리에 상사의 실적에도 관심을 가져야 한다.

조직의 리더이자 한 조직을 다스리는 상사는 당연히 개인의 이익보다는 조직의 이익을 먼저 생각해야 하고, 자기 이익보다는 반원들의 이익을 위해서 기꺼이 자기를 희생할 수 있는 사람이어야 한다. 그런 사람이 진정으로 조직의 리더로서 적합한 사람이다.

그렇지 않고 자기 개인의 사리사욕을 위해 일하는 것은 자칫 많은 조직원들로부터 신뢰를 잃어버리는 요인이 된다. 자기 사익을 먼저 돌보는 상사에게 헌신적으로 희생해서 상사를 도와줄 조직원은 어디에도 없다. 그래서 리더는 일이 잘되어 성과가 나고 이익이 생겼다면, 모든 이익을 부하들에게 분배해야 한다. 그런 리더가 좋은 리더다.

개인이 이익을 챙겨도 전혀 아쉬울 것이 없는 상황에서 조직원들을 먼저 챙겨 주는 리더가 많다. 그러기에 자기 개인의 성장과 승진을 위해서 힘을 쓰지 못한다. 그러므로 조직의 힘을 더욱 크게 하는 데 애쓰는 상사와 원활하게 소통하기 위해서는 상사가 관리해야 하는 조직의 실적뿐 아니라, 상사 개인의 실적도 관리할 줄 알아야 한다. 그렇게 하면 금방 상사의 눈에 띄지는 않겠지만, 시일이 흘러 자기 실적이 잘 나온 것을 알면 상사는 그 직원에게 특별한 정을 느끼게 될 것이다. 그러므로 상사의 실적이 좋아지도록 특별 관리해야 한다.

　아울러 실무자로서 자기가 맡은 분야에서 대외적으로 좋은 성과가 나오도록 하고, 실무에서 맺어진 인맥들이 상사에게 연결되어 상사의 인맥이 되도록 해야 한다. 또한 실무에서 얻어진 유·무형의 이익들이 상사에게 잘 연계되고 그것이 상사의 파워를 증진시키는 요건이 되도록 해야 한다.

　상사의 승진에 필요한 가점을 올릴 수 있도록 도움을 주면서 그것이 상사의 영향력을 키우는 데 도움이 되는 정보가 되도록 해야 한다. 그것이 상사를 위하는 길이며, 그로 인해 상사가 승진하면 이후 그 상사가 자기를 위해서 애쓴 부하를 기꺼이 챙겨 줄 것이다.

　인간관계는 결국은 주고받는 가운데 싹튼다. 어느 한쪽에서 계속해서 주는 것을 좋아할 사람은 없다. 상사와 부하의 관계 또한 그러하다. 하염없이 부하를 위해서 헌신적으로 일하는 상사는 없다. 상사도 조직을 위해서 일한다고는 하지만 결국에는 자기 이익을 위해서 일한다. 개인의 이익을 내면에 갈무리하고 일을 하는 것이다. 그러므로 그런 상사의 마음을 알아서 내 상사는 내 손으로 지킨다는 생각으로 상사를 보필해야 한다.

자기만의 특별한 무기를
지녀라

상사와 원활하게 소통하기 위해서는 상사의 눈에 띄어야 하고 상사가 필요로 하는 시점에 상사를 위해 도움을 주고 조직을 위해서 성과를 내야 한다. 상사의 눈에 잘 띄는 비결은 개인적으로 탁월한 특기나 역량을 갖추는 것이다. 특히 조직 생활에서 업무에 대한 능력은 백지 한 장 차이다. 이는 업무를 하는 과정에서는 그리 상사에게 두각을 나타내지 못함을 의미한다.

상황에 따라 혹은 여건에 따라 일을 잘할 수도 있고 그렇지 않을 수도 있다고 생각하는 사람이 상사다. 그러므로 업무 외적인 것으로 상사의 기억에 들어야 한다. 상사에게 두각을 나타내기 위해서는 업무 외적인 행사나 축하 파티에서 조직의 자긍심을 높이고 위상을 높이는 데 이바지해야 한다.

일례로 조직의 전사 체육대회에서 조직의 대표로 참석하여 백 미터 달리기 일등으로 조직의 명예와 위상을 높이는 데 한몫했다면, 그것은 상사의 기억에 오래 남을 것이다. 또 체육대회에서 유별난 축구 실력을 발휘하여 자기 조직의 팀이 정상에 오를 수 있도록 했다거나, 분임조 발표대회에서 우수한 성적으로 조직의 위상이나 가치를 선양하는 데 기여했다면 그 역시도 상사에게는 특별히 기억에 남는 부하로 자리하게 된다.

상사의 입장에서는 일반적으로 평범한 사람도 좋아하지만, 이벤트나 특별한 행사가 있을 때 실력을 유감없이 발휘할 수 있는 사람을 원한다. 자기 조직을 위해서 그렇게 특별한 상황에서 특별한 성과를 얻게 해 주는 사람은 특별히 기억될 수밖에 없다. 사람이기에 아무리 공과 사를 구분하라고 해도 조직을 위해서 헌신하고 조직의 위상을 높이는 데 애를 쓴 사람에게 특별한 영광과 포상을 줄 것임은 자명하다.

상사의 입장에서는 업무 내적 · 외적으로 모두 중요하다. 또 사람마다 업무 내적으로 강한 사람이 있는가 하면, 업무 외적으로 유별나게 강한 사람도 있다. 그러므로 업무 내적인 면에서 강하지 못하다면 업무 외적인 면에서 강한 면모를 보여서 상사의 눈에 들어야 한다. 그러면 일 년에 단 한 번이지만, 그것은 두고두고 오래도록 사람들의 기억에 존재하게 된다. 마치 올림픽 금메달을 딴 사람을 계속해서 기억하듯이 사람들은 자기가 하고 싶은데도 하지 못하는 것을 잘하는 사람에게 영웅의식을 느낀다.

아울러 조심해야 하는 것은 그런 곳에서 최고가 되고 달인이 되었다고 어깨에 힘을 주거나 눈에 힘을 주게 되면 그로 인해서 자만과 교만으로 물들게 됨을 알아야 한다. 자만하거나 교만하지 말고 겸손하고 순후한 마음으로 상사에게 좋은 이미지를 전달할 줄 알아야 한다. 우승하고 영웅이 되었어도 겸손하게 마치 아무 일도 없는 것처럼 회사에서는 회사 업무에 열중하고 그 경계를 명확하게 하는 사람을 상사는 좋아한다.

상사 앞에
모습을 자주 드러내라

　상사와 원활하게 소통하기 위해서는 상사의 눈에 자주 띄어야 한다. 상사의 레이더망에 들어 있어야 상사가 소통이라는 화살을 날려서 적중시킬 것이다. 그런데 상사가 필요할 때 보려고 하는데 자리에 없다면, 상사는 그 부하 직원을 다시는 찾지 않을 것이다.

　연극할 때 주연에게 혹시 무슨 일이 생길 경우를 대비하여 대타로 준비하는 연기자가 있다. 그 사람은 주연이 없을 때 그 연기를 하기 위해서 준비한다. 주연에게 무슨 일이 생기지 않으면 무대에 설 수 없음에도 불구하고 그 사람은 근면 성실하게 준비한다. 언젠가는 기회가 올 것임을 알기 때문이다. 그래서 자기에게 딱 한 번 온 기회를 살려서 기존의 주연보다 더 큰 인기를 한 몸에 받고 주연보다 더 큰 스타가 되는 경우도 있다.

　이와는 반대로, 앞서 말한 바와 같이 계속해서 잘해 오다가 상사가 꼭 필요로 하는 귀한 시간에 그 자리에 없게 되면 결국에는 자기가 애써 쌓아 온 자리를 빼앗길 수 있다. 상사와 계속해서 소통한다고 해서 그 자리가 아무런 노력을 하지 않아도 계속 지켜질 것이라고 생각해서는 안 된다. 그 자리는 언제든지 다른 사람으로 대체 가능한 자리임을 알아야 한다.

그러므로 상사가 가는 자리는 무조건 참여하는 것이 좋다. 회식이나 행사, 등산, 산행, 봉사활동 등 상사가 가는 자리에는 백 퍼센트 참석해서 상사와 대면할 기회가 된다면 상사와 이야기를 나누어야 한다. 그런 사람이 진정으로 원활하게 소통하는 사람이고, 그런 사람이 상사에게 인정받을 확률이 높은 사람이다.

눈에서 멀어지면 분명히 마음에서 멀어진다. 그러므로 항상 상사의 기억 속에 당신의 모습을 남기기 위해서는 상사가 가는 자리에는 언제든지 자기가 있음을 알려 주어야 한다. 마치 조선시대에 암행어사 박문수가 가는 길에는 포졸들이 항상 뒤따랐듯이 상사가 가는 곳에는 바늘 가는 데 실이 가는 것과 같은 관계로 늘 함께해야 한다. 그러면 상사가 실제 경험한 것을 함께 눈으로 보고 함께 귀로 들었다는 점에서 공통적인 관심사를 가질 수 있고, 공통적인 논제에 대해 상호 의견을 나누면서 소통할 수 있다는 점에서 유리하다.
특히 도보나 산행을 할 때는 가능한 상사를 앞질러 가는 것보다는, 상사의 조금 뒤에 서서 상사가 묻는 말에 대답하면서 소통하되 상사의 시야를 막지 않는 것이 좋다. 상사의 입장에서는 항상 자기가 상사라고 생각하고 있다는 점을 알아야 한다. 그러므로 회사 업무 외적으로 직장이 아닌 다른 곳에 가더라도 상사라는 것을 망각하지 말아야 한다.

통한만큼 친해지는
통친력

아울러 상사가 부르면 언제든지 달려갈 수 있는 119 구조대원과 같은 사람이 되어야 한다. 또 상사가 언제든지 부르면 자동차를 배차하는 운전기사와 같이 상사가 자료를 요구하면 그 상사를 위해 언제든지 자료를 제공할 수 있어야 한다. 아무것도 준비하지 않는 상태에서 상사의 눈에 띄는 부하가 아니라, 철두철미하게 준비된 부하가 되어야 한다.

최소화의 법칙에
걸려들지 마라

상사와 원활한 소통을 하기 위해서는 대내외적으로 정정당당하고 윤리적이며 도덕적이어야 한다. 그래야 마음에 거리낌이 없이 원활하고 진솔하게 소통을 할 수 있다. 그렇지 않고 비윤리적이거나 비도덕적이면 상사와 접하는 것만으로도 마음에 불안감이 조성되어 결과적으로 원활하고 투명하게 소통할 수 없다.

'100−1=0'이라는 말이 있듯이 아무리 상사와 좋은 관계를 나누고 원활하게 소통하더라도, 공공연히 많은 다수의 사람들이 객관적으로 하지 말아야 하는 비윤리적인 것이나 불법을 자행한 것이 있다면 그간에 애써 쌓아 온 모든 것이 도루묵이 된다.

조직 생활을 함에 있어서는 다소 인간성이 나쁘고 유달리 괴팍한 성질을 가지고 있어도 어느 정도 조직 생활을 하는 데는 무리가 없다. 인간성이 좋지 않은 사람은 인간성이 좋은 사람을 보고 타산지석의 사례로 삼아서 자기를 단련하고, 반대로 인간성이 좋은 사람은 인간성이 좋지 않은 사람을 보고서 그러지 말아야겠다는 생각을 하면서 반면교사의 지혜로 삼으며 생활할 수 있다.

하지만 성희롱이나 횡령 그리고 불법을 저지르는 등 조직 생활을 함에 있어서 공공도덕이나 비윤리적인 행위를 하고 조직에서 정하는 규율에 반하는 행위를 함으로써 불법을 자행한 경우에는 항변할 가치조차 없다고 생각하고 있는 곳이 바로 조직이다. 그래서 대기업에서는 '원 스트라이크 아웃 제도'를 도입하여 단 한 번의 불법 행위를 자행하더라도 퇴사를 권유하는 제도를 강력하게 시행하고 있다.

따라서 일을 제아무리 잘하고 절대적인 신임이나 인정을 받았다고 해도 상사의 힘으로는 도저히 어찌할 수 없는 상황에 처하거나 혹은 불법적으로 회사 규칙에 반하는 행위를 해서 징계를 받아야 하는 경우에는 모든 것이 수포로 돌아간다는 것을 명심해야 한다. 아울러 현장에서 직장 생활을 하는 경우에는 안전사고가 발생되지 않도록 특별히 주의해야 한다.

조직 생활을 하든 사회생활을 하든 불법을 저지르는 것은 조직이나 사회로부터의 단절을 의미한다. 사회에서는 불법을 저지르면 교도소에 가야 하고, 직장에서는 불법을 저지르면 조직을 떠나야 하는 경우가 발생된다. 회사에서 아무리 잘했어도 사회생활을 하는 과정에서 불법을 자행하여 형사 처분을 받은 경우에는 조직으로부터 이중 처벌을 받아야 하는 문제가 파생되므로 사회생활을 하면서도 항상 주의하고 신중을 기해야 한다.

　이것은 상사와의 원활한 소통을 하기 이전에, 조직 생활을 해야 하고 직장 생활을 해야 하는 구성원으로서 가장 기본적으로 준수해야 하는 사항임을 명심하자.

하나를 하더라도
제대로 하라

흔히 "본때를 제대로 보여 줘야 한다."라는 말을 많이 한다. 일을 할 때 얼렁뚱땅 술에 물을 타듯 행동하지 말고 누가 봐도 전문가답게, 다른 사람이 하면 절대로 그런 상태로 일을 하지 못하는 수준에 이르도록 일을 해야 한다는 말을 할 때, 이 말을 한다. 또 자기를 우습게 보거나 혹은 하룻강아지 범 무서운 줄 모르고 덤비는 사람들에게 뭔가 제대로 보여 줘야 하는 상황에 있을 때, 우리는 이러한 말을 한다.

상사와 원활한 소통을 하기 위해서도 이러한 원리가 통용된다. 뭔가를 하더라도 미적거리지 말고 제대로 상사에게 보여 주어야 한다. 그렇지 않고 하는 것인지 혹은 안 하는 것인지, 끝이 난 것인지 혹은 아직도 미숙한 상태인지 등 옆에서 상사가 보기에도 뭐가 뭔지 모르는 상태로 일을 하는 것은 상사에게 밉보일 소지가 많다.

물론 자칫 나서다가 본전도 챙기지 못하기에 혹은 모난 돌이 먼저 정을 맞을 수도 있기에 많은 사람들이 중간에 놓이기를 원한다. 그래서 무엇이든 유연하고 탄력적으로 중간의 위치에서 상황을 보면서 행동하는 경우가 많다. 그러다 보니 그것이 습관이 되어서 무슨 일을 하든지 섣불리 나서지 않는다.

하지만 상사와 원활한 소통을 하기 위해서는 뭔가를 할 때, 자신이 있다면 그것을 제대로 상사에게 보여 주어야 한다. 그래서 상사에게 본때를 보여 준다는 생각으로 자기가 할 수 있는 한 최선을 다해서 자신이 가진 열정과 근성과 재능을 알려야 한다.

특히 업무를 하거나 새로운 프로젝트를 수행을 할 때는 보다 적극적이고 주도적으로 나서야 한다. 아울러 처음에는 열정적이고 도전적으로 나섰다가 시일이 지날수록 그 열기가 서서히 식어 버리는 경우가 있는데, 이를 주의하여 용두사미(龍頭蛇尾)가 되지 않도록 근성을 가지고 일에 임해야 한다. 처음에 열정을 다하다가 나중에 꼬리를 감추는 사람보다는 오히려 처음에는 다소 부족한 상태에 있지만 끝이 확실하게 좋은 사람이 상사에게 인정을 받는다.

상사와 일을 할 때 혹은 차세대 상사와 일을 할 때 이처럼 주도적으로 나서게 되면 그로 인해서 상사에게 좋은 이미지를 심을 수 있고, 차세대 상사가 될 사람에게 눈도장을 확실히 찍을 수 있다는 점에서 유리함이 많다.

상사는 무슨 일을 하든 맺고 끊는 것이 확실한 사람을 좋아한다. 조직의 속성상 그렇게 하지 않으면 탁월한 결과를 얻을 수 없고, 미적거리다가는 글로벌 무한 경쟁의 시대에 기회를 놓칠 수 있기 때문에 상사는 무엇을 하든 최고 전문가답게 제대로 일하는 사람을 좋아한다는 사실을 알아야 한다. 그런 사람이 진정으로 상사와 원활하게 소통하는 사람이 된다.

이에는 이,
눈에는 눈이다

사람에게 좋은 사람으로 기억되고 사람과 좋은 관계를 유지하기 위해서는 늑대가 되기보다는 순한 양이 되어야 한다. 마찬가지로 상사와 좋은 관계를 유지하고 상사와 친한 사이가 되어서 원활하게 소통하기 위해서는 상사에게 좋은 성격을 가진 순하고 착한 양과 같은 사람이라는 이미지를 풍겨야 한다. 그렇지 않고 성격이 아주 날카롭고 럭비공처럼 어디로 튈지 모를 정도로 천방지축의 성격을 가진 사람이라고 생각하면, 상사는 그런 부하 직원과는 소통을 꺼린다는 사실을 알아야 한다.

상사도 사람이다. 물론 조직에는 좋은 사람도 있고 나쁜 사람도 있기 마련이기에 이를 감수하고, 자기가 하기 나름이라는 생각으로 나쁜 사람에게 더 많은 애정을 쏟는 경우도 있다. 이는 조직을 위함이지, 결코 그 사람이 무서워서 잘해 주는 것이 아니다. 그러므로 상사와 원활하게 소통하기 위해서는 상사에게 좋은 사람으로 인식되도록, 급하고 독한 성격을 가지고 있다면 그런 모습을 상사에게 보이지 말아야 한다.

그런데 오히려 상사가 접근하지 못하도록 일부러 더 악독하고 불량한 척을 하는 사람도 있다. 그렇게 하면 상사가 자기를 우습게 보지 않고 어느 정도는 무서워할 것이라는 생각에서다. 하지만 그것은 자기만의 착각이다. 상사는 그런 사람을 결코 무서워하지 않는다.

전쟁을 할 때 무서운 사람은 눈에 보이는 사람이 아니다. 정말로 무서운 사람은 눈에 보이지 않는 사람이다. 보이는 적은 언제든 사로잡을 수 있지만, 모습을 보이지 않는 적은 쉽게 사로잡을 수 없다. 또 자칫하면 역으로 기습공격을 당할 수도 있기 때문에 더 무섭다.

이와 마찬가지로 상사가 무서워하는 사람은 그렇게 큰소리를 치고 퉁명스럽게 대하는 불량감자 같은 사람이 아니라, 침묵을 유지하고 시키면 시키는 대로 하는 착한 부하 직원이다. 왜냐하면 그런 사람들은 평상시에는 착하게 생활하지만, 한번 화나면 그야말로 폭발적으로 화를 내기 때문이다.

직장인들에게 있어 대부분의 스트레스가 유발되는 것은 자기 성격을 속 시원하게 드러낼 수 없고 자기가 하고 싶은 것을 마음대로 할 수 없기 때문이다. 마치 야생의 동물이 울타리 안에서 생활을 하듯이 말이다. 직장 생활을 하면 할수록 자기를 있는 그대로 드러내지 않고 조직이 원하는 인재로 철저히 무장해야 한다는 생각을 하게 된다. 그러면서 시나브로 자기의 진실을 감추면서 생활하는 것이다.

'양두구육(羊頭狗肉)'이라는 말이 있다. 이 말은 양 머리를 걸어놓고 개고기를 판다는 뜻으로 양의 탈을 쓴 늑대라는 말이다. 그렇다. 많은 직장인들이 마음에는 사악한 생각을 가지고 있어도 상사 앞에서는 순한 양처럼 생활한다. 그렇게 해야 조직에서 살아남을 수 있고 상사와 동료들로부터 인정받을 수 있기 때문이다.

물론 상사에게 좋은 사람, 성실한 사람, 양처럼 온순한 사람으로 보이는 것은 좋다. 하지만 그것이 강점이 되고 상사에게 무기로 활용되기 위해서는 그 내면에 늑대와 같은 악하고 모진 성격이 있음을 가끔은 내보여야 한다. 그래야 순한 양처럼 생활하는 성격이 빛을 발휘하게 된다.

이때 순한 양처럼 억제하고 절제된 삶을 살고는 있지만, 부정한 짓을 저지르는 사람 혹은 조직을 위해서 헌신하지 않고 오히려 조직을 이용해서 사익을 챙기는 사람에 대해서는 공명정대하고 위엄 있게 죄를 응징하는 강한 늑대와 같은 모습을 보여야 한다. 그래야 상사가 우습게 보지 않는다.

'아하, 저 부하에게는 저런 본성이 있고 저렇게 무서운 성격이 있는데 이렇게 순하게 생활을 하고 있으니 참으로 극기력이 대단한 사람이다.'라고 생각할 것이고, 그러한 강한 모습을 보임으로써 추후 막중한 업무를 부여받을 수도 있을 것이다.

그러므로 가능한 상사에게 순한 양처럼 보이는 것도 좋지만, 부정한 방법과 부조리한 방법에 대해서는 원리 원칙에 의하여 단호하게 일을 처리하는 모습을 보여야 한다. 이때 늑대와 같은 모습을 보일 때는 근거와 명분에 따라야 하며, 개인의 이익이 아니라 공동의 이익을 위해 자기가 희생하고 헌신하는 선에서 늑대의 모습을 보여야 한다. 그래야 상사에게 늑대 같은 행위에 대한 정당성을 인정받게

통한만큼 친해지는
통친력

되고, 추후 순하고 유연한 일뿐 아니라 단호함과 강력함이 요구되는 막중한 업무를 권한 위임 받을 것이다.

그렇지 않고 항상 유연하고 이래도 순한 양이고 저래도 순한 양처럼 생활한다면 항상 동일한 업무를 답습하는 경우가 생기게 된다. 그러므로 늘 순한 양처럼 지내기보다는 때로는 강한 모습을 보여야 한다.

'유능제강(柔能制剛)'이라는 말이 있다. 또한 '외유내강(外柔內剛)'이라는 말이 있다. 순한 양처럼 생활하되 내면에 아주 강한 늑대와 같은 근성을 가지고 있다면 상사는 그 부하 직원에게 중책을 맡길 것이다. 원리 원칙에 입각한 늑대의 근성, 그리고 탄력적이며 상사의 지침과 당부사항에 대해서 순명하는 부하 직원과 상사는 소통을 하고 싶어 한다는 것을 알아야 한다.

상사는 매일 일하는 부하를
좋아한다

상사와 원활하게 소통하기 위해서는 상사의 눈에 매일 띄어야 하고 상사에게 매일 잘 보여야 한다. 상사와 소통하는 가장 기본적인 뿌리는 바로 '일'이다. 상사와 부하를 이어 주는 연결 고리는 바로 일이라는 것을 알아야 한다. 그러므로 상사와 일을 통해서 소통할 수 있는 기반을 잡는 것이 가장 우선적으로 해야 할 일이다.

만일의 경우 직장 생활을 하는데 재미가 없고 회사 생활에 싫증을 내고 있다면, 그것은 회사 생활을 하는 과정에서 일을 제대로 잘하지 못하고 있음을 의미한다. 일에 흥미를 느끼지 못하고 있기에 회사에 출근해서 일하는 것이 싫증이 나는 것이다. 회사에 출근해서 일에 몰입해서 열중하지 못하는 태도로 인해 결국은 상사의 눈 밖에 나게 될 것이다.

회사에서 일을 하는 것 자체가 곤욕일 수밖에 없으니 상사의 눈을 피하고, 틈만 나면 혼자 다른 곳에 숨어서 사적인 시간을 가지려고 하는 성향을 보이게 된다. 이렇게 직장 생활을 하는 삶의 태도가 결국에는 주변 사람들의 눈에 띄게 되고 상사의 귀에 들어가게 된다. 그래서 상사는 부하 직원을 바로잡기 위해서 타이르게 되고, 상사는 그런 부하와 소통하고 싶다는 생각보다는 지시와 통제와 질책을 하고 싶은 마음이 생기게 된다.

그런 서먹서먹한 관계에서는 결코 상사와 부하가 원활하게 소통을 할 수 없다. 그러면 원활한 소통을 하지 못하고 계속적으로 악순환이 거듭되다가, 일도 싫고 상사가 주는 스트레스를 견뎌 내지 못하고서 결국에는 사표를 내는 상황이 발생한다.

그러므로 상사와 원활하게 소통하기 위해서는 가장 우선적으로 자기가 해야 하는 가장 기본적인 책무를 잘해야 한다. 그것도 생각이 나고 시간이 나면 하는 것이 아니라, 매일 일상 업무를 일정한 시간에 상사의 눈에 들고 상사의 귀에 들어갈 수 있도록 계속해서 하루도 쉬지 말고 해야 한다. 그 일이라는 것은 일일 모니터링이 될 수도 있고 일일 속보가 될 수도 있다.

여하튼 상사가 보기에 그 부하 직원이 매일 정해진 일을 주기적이고 정기적으로 꾸준히 하고 있다고 생각하게끔 해야 한다. 그래야 상사로부터 진정으로 일로 인정받는 부하 직원이라고 볼 수 있다.

조용히 있다가 혹은 아무 생각 없이 있다가 일이 터지고 이슈가 되면 하는 일은 상사에게 크게 어필이 되지 않는다. 또한 지시나 지침을 내리는 일을 하면서 특별히 일상으로 하는 개인적인 업무가 없다면, 그 역시도 상사는 그 부하 직원에게는 특별히 하는 업무가 없다고 생각한다. 그러므로 단순한 복사 업무여도 매일매일 하는 일정한 업무가 있어야 한다.

직장의 업무는 크게 특별한 업무와 일상 업무로 나눌 수 있다. 여기에서 일상 업무는 평상시에 일상적으로 하는 반복되고 느슨한 업무를 말한다.

즉, 매일 해야 하고 하지 않으면 안 되는 일이다. 숨을 계속 쉬어야 하는 것처럼 직장에서는 일상 업무에 중점을 두고서 업무를 처리해야 한다.

상사는 매일 일하는 부하 직원의 일을 더욱 귀하게 생각한다. 또 일상 업무를 하는 사람은 자기 업무가 있다고 생각한다. 특별 업무를 수행한다고 하면서 이것저것 마구잡이로 잡다하게 하는 사람들은 업무가 없는 뜨내기처럼 인식되기 마련이다. 그러므로 일상 업무를 찾아서 자기 업무로 만들어야 한다. 특별한 일이라도 매일 반복해서 하면 그것이 일상 업무가 되고, 일상 업무라도 생각날 때마다 간헐적으로 하는 업무라면 그것이 특별한 업무가 된다는 것을 알아야 한다.

장기 휴가 가기 전날
더 잘하라

　직장 생활을 하면서 가장 즐거운 일 중 하나는 하루 이틀이 아니라 연속해서 3일 이상을 쉬는 것이다. 여름휴가나 장기간 특별 휴가 또는 명절이나 기타 공적인 사유로 유급휴가를 가는 경우다.

　개인적인 사업을 하는 사람이야 자기가 쉬고 싶은 날에는 언제든 쉴 수 있지만, 직장인의 경우에는 쉬고 싶어도 회사 일로 인하여서 쉬지 못하는 경우가 많다. 하지만 개인 사업을 하는 사람의 경우에는 놀아도 개인의 돈이 들어간다는 점에서 손해다. 또 휴가 이후에 어떻게 사업을 운영할 것인가에 대해서도 스스로 경영전략을 수립해야 한다. 이에 반해 직장인의 경우에는 마음껏 개인적인 휴식을 취하고, 다시 직장에 출근해서 자기 업무를 하면 된다. 이처럼 직장인은 사업을 하는 사람에 비하여 마음의 안정을 취할 수 있다는 점에서 유리하다고 볼 수 있다.

　상사와 원활하게 대화를 나누기 위해서는 그러한 특별한 휴가를 가기 직전에 더 잘해야 한다. 자기가 장기적으로 쉰다고 해서 모든 것을 휴가를 다녀와서 하면 된다는 식으로 현재 할 일을 등한시해서는 안 된다. 사실 직책을 가지고 있거나 조직을 관리하는 사람들은 앞서 사업을 하는 사람들과 마찬가지로 항상 장기 휴가 이후 복귀해서 향후 전개되는 일을 어떻게 해나가야 할 것인가에 대한 생각으로 고심이 많다.

그러기에 장기 휴가를 가기 직전 날에는 상사에게 더욱더 적극적이고 열정적인 모습을 보여야 한다. 자기도 개인적으로 할 일이 너무 많으며 장기적으로 휴가를 가기 전에 미리 처리해 두어야 하는 일이 많이 있음을 은연중에 상사에게 알려야 한다. 그렇게 함으로써 상사의 입장에서는 휴가 분위기에 휩싸이지 않고 묵묵히 자기에게 주어진 일을 열정적으로 처리하는 성실한 직원이라는 이미지를 풍기도록 해야 한다.

간혹 장기 휴가를 가기 전날에는 특별히 열외가 되어서 회사에서도 개인적인 시간을 보내는 것도 좋을 것이라고 생각하는 사람들이 많이 있다. 자기는 그리 큰 영향이 없으니 일에서 열외 되어서 자기가 휴가 준비를 하는 것이 당연하다고 착각한다. 그래서 아예 정시에 퇴근하지 않고 오히려 조기에 퇴근하는 사람도 있다. 하지만 그런 날일수록 더 일에 매진해야 한다. 또 그런 날에는 다른 사람이 하지 않기에 오히려 자기가 하는 일이 더 부각될 수 있다.

물론 다른 사람이 모두 하지 않는데 자기만 열심히 일을 하는 것도 문제가 된다. 단체 생활을 하거나 조직 생활을 하는 경우에는 간혹 그것이 정답이 아니라고 하더라도, 함께 일하는 대다수의 사람들이 하는 것이라면 그것이 오히려 정답으로 자리매김하는 경우도 있다는 사실을 알아야 한다.

그러므로 특별한 날에 남과 다른 형태로 업무를 하기 위해서는 너무 눈에 튀게 하기보다는 적정하게 상사와 개인적으로 하는 관계상의 일을 하는 것이 좋다. 즉, 여러 사람에게 보내는 메일이 아니라 그간에 상사에게 보고하지 못했던 것을 종합적으로 정리하여 보고하거나 상사가 그간에 관심 있어 하는 이슈 사항을 정리하여 상사에게 개인적으로 특별 보고하는 등 상사와 밀접하게 연관된 일을 하는 것이 좋다. 다른 사람들에게 드러내 놓고 업무를 하는 것이 아니다. 다른 사람들이 눈치를 채지 못하는 일, 그러면서도 다른 사람은 모르지만 상사는 아는 일, 그런 일을 해야 한다.

또 장기간 휴가를 보내고 복귀했을 때 다른 사람보다 더욱 빠르게 치고 나갈 수 있도록 미리 준비해 두어야 한다. 경우에 따라서는 장기간 일을 놓고 있다 보면 그간 발견되지 않은 흠이나 문제점이 불거질 수도 있으므로 그러한 일이 발생되지 않도록 만전을 기해야 한다.

 또 장기 휴가의 기분에 들떠서 자기가 해야 하는 일을 망각하는 우를 범하지 말아야 한다. 그럴수록 자기에게 주어진 일을 잘해야 한다. 또 그런 날에 누군가가 남아서 비상근무를 해야 하는 경우라면 기꺼이 자기를 희생하는 것도 상사에게 좋은 부하라는 인식을 남길 수 있다.

 중요한 것은 퇴근을 하는 순간까지는 회사라는 무대에서 자기에게 주어진 역할 연기를 최대한 잘해야 한다는 것이다. 회사라는 무대에서 이미 정신이 가정에 가 있거나 휴일에 가 있으면 그에 맞는 역할을 제대로 수행할 수 없다. 그러므로 회사에 있는 동안에는 오로지 직장인다운 태도로 업무에 임해야 한다. 그것이 상사와 원활하게 소통할 수 있는 부하가 되는 길이다.

상사의 스트레스를
관리하라

 직장 생활을 하면서 가끔씩 딜레마에 빠지는 경우가 있다. 상사의 기분이 좋지 않을 때 상사를 위로해야 하는가 혹은 그냥 침묵 속에서 조용히 있어야 하는가 등 선택의 기로에 놓이는 경우가 있다.

 그런 경우에 대부분의 직장인들이 상사의 눈을 피해서 그냥 조용히 있는 것이 좋다고 생각한다. 자칫 모르는 상태에서 상사를 위로한답시고 상사에게 접근해서 말을 했다가 오히려 상사의 기분을 더욱더 언짢게 하는 경우가 생길 수도 있다는 판단에서다.

 상사도 혼자서 어느 정도 생각을 정리할 시간이 필요하고, 화가 나 있는 상태에서 마음의 평정을 찾을 수 있는 시간적인 여유를 가질 필요가 있다. 그런데 상사가 미처 그런 생각의 시간을 가질 여유도 없이 상사를 위로한다고 나서는 사람이 있는데, 그것은 오히려 상사의 자존심을 상하게 하는 것임을 알아야 한다. 상사의 입장에서는 항상 평정심을 잃지 않는 모습을 부하 직원에게 보이고 싶어 한다는 것을 알아야 한다. 그러므로 상사가 화를 내고 감정적으로 들떠 있는 상태라고 해서 거기에 맞장구를 치면서 끼어드는 것은 좋은 처사가 아니다.

그냥 조용히 상사의 일을 모른 척해야 한다. 너무 민감하게 반응하지 말고, 상사에게 무관심하다는 표정을 지어야 한다. 아울러 중요한 것은 상사가 무엇 때문에 화가 난 것인지를 다방면의 채널을 통해서 알아보고, 능히 상사의 입장을 헤아려 보려는 마음을 가져야 한다는 점이다. 상사가 화를 낸 이유를 알면 상사가 어느 정도 화가 난 것인지 혹은 그것이 언제까지 갈 것인지를 어느 정도 예감할 수 있다.

상사의 입장에서는 항상 부하에게 상사다운 모습을 보이고 싶어 한다. 자칫 감정 관리를 하지 못해서 조직원들에게 좋지 않는 이미지를 줄 수도 있기 때문이다. 그래서 화가 나도 일부러 화를 꾹 참고 일을 한다. 이렇게 상사가 기분이 좋지 않은 날에는 일부러 조용히 술자리를 만들어서 상사도 함께할 수 있도록 하는 것이 좋다. 아울러 상사를 위로하기 위해서 마련된 자리가 아니라, 그냥 순수하게 그냥 모인 것이라는 이미지를 갖도록 하는 것이 좋다.

상사도 감정적인 사람이다. 따라서 감정을 어느 정도 다독여 주는 정도의 자리를 만들어서 상사가 마음에 담고 있는 울분과 스트레스를 어느 정도 풀 수 있게 하는 것이 좋다. 또 결코 자기가 먼저 상사의 화에 대한 이야기를 해서는 안 된다. 그냥 상사의 말을 듣고 있으면서 상사의 술잔을 채우다 보면 상사가 스스로 그러한 말을 할 것이다. 그것을 들어 주면서 충분히 상사의 마음이 풀리도록 하면 된다.

통한만큼 친해지는
통친력

상사의 기분이 좋았을 때 상사에게 잘하는 것도 중요하지만, 더욱 중요한 것은 상사의 기분이 좋지 않았을 때 어떻게 하는가에 따라서 상사와의 관계가 달라질 수 있음을 알아야 한다. 상사가 극도로 화로 인해서 흥분되어 있는 상태에서는 가능한 한 상사에게 좋은 영향력을 주는 것이 좋다.

상사는 화가 나도 가능한 조직원들 눈에 띄지 않도록 단련되어 있는 사람이다. 오히려 화가 날수록 더욱더 밝은 표정을 짓는 상사도 있다. 그러므로 부하 직원은 상사의 평상시 모습을 잘 관찰해야 한다. 그래서 상사가 기분이 좋은 상태인지 나쁜 상태인지를 감각적으로 아는 정도가 되어야 한다. 마치 엄마가 갓난아이가 울면 무엇 때문에 우는지를 감각적으로 알듯이 상사의 상태를 보고 상사의 속마음을 읽을 수 있어야 한다. 그런 사람이 상사와 진정으로 원활하게 소통할 수 있는 마음의 준비가 되어 있는 사람이다.

설비 전문가가 설비가 고장이 나면 어디를 건드려야 설비가 잘 돌아가는지를 알고 한의사가 어디에 침을 놓아야 환자의 혈액순환이 잘되게 하는지를 알듯이, 부하 직원이 상사의 어느 부분을 건드려야 상사의 기분이 좋아질 것인지에 대해서도 알아야 한다. 그래서 술로 풀어야 하는지, 야간 운동을 하는 것이 좋은지, 아니면 상사가 혼자서 조용히 묵상하고 기도하고 성찰하는 시간을 갖는 것이 좋은지 등의 상사 처방전을 어느 정도는 가지고 있는 것이 바람직하다.

상사의 스케줄을
관리하라

상사는 일반 직원에 비하여 하루 일과가 꽉 차 있다. 상사는 일반 직원에 비하여 2배 이상 많은 업무를 동일한 시간 안에 처리해야 하기에 늘 바쁜 나날을 보낸다. 특히 상사가 최종적으로 의사결정을 하는 자리에 있을 때는 자신의 선택과 결정이 미치는 영향이 크다는 것을 알기 때문에 정신적으로 심한 압박을 받고 있다고 생각해야 한다.

상사와 원활하게 소통을 하기 위해서는 일련의 상사의 스케줄을 효율적으로 잘 관리해야 한다. 상사의 스케줄을 잘 관리해 주는 사람이 공식적으로 정해져 있더라도 비공식적으로라도 상사의 스케줄을 관리해야 한다. 이 말인즉 상사의 동선과 시간 사용 계획을 미리 알고 있어야 한다는 것이다. 단순히 자기의 일만 하는 것이 아니라 상사의 일이 무엇인가를 알고 있어야 한다. 상사의 일이 바로 조직의 일이기 때문이다.

일반적으로 조직에는 세 부류의 사람이 있다고 한다. 조직에서 무슨 일이 일어나는지에 대해서 전혀 신경이 무감각한 사람, 조직에서 무슨 일이 일어나는지 알면서도 그냥 무관심으로 지내는 사람, 마지막으로 조직에서 무슨 일이 일어나는지를 적극적으로 알려고 하고 무슨 일이 일어나면 자발적이고 적극적으로 나서는 사람으로 나뉜다.

이상과 같은 세 부류의 사람 중에서 보다 적극적이고 자발적으로 조직에서 무슨 일이 일어나고 있는지를 알려고 하는 사람이 되어야 한다.

오히려 상사에게 방해가 되므로 그냥 자기에게 주어진 일만 충실히 하면 된다고 생각하는 사람이 많다. 하지만 상사의 업무에 대해서 모르고 직장 생활을 하는 것은 내비게이션 없이 장거리 운전을 하는 경우와 같다. 내비게이션을 보면서 운전을 하면 현재 위치와 앞으로 가야 하는 길 그리고 이제껏 지내 온 이력을 잘 알 수 있다. 그러기에 마음 편하게 운전할 수 있고 미래 예측이 가능하다. 돌발 상황에 처해서 급작스럽게 운전을 하는 것이 아니라, 안전하게 미리 예견된 운전을 할 수가 있다는 점에서 내비게이션을 가지고 운전하는 것이 그렇지 않은 경우보다 수십 수백 배 더 효과적이고 효율적이라고 볼 수 있다.

그렇다. 상사의 스케줄을 아는 것은 업무의 내비게이션을 보면서 직장 생활을 하는 것과 같다. 상사가 자리를 왜 비웠는지, 상사가 무엇 때문에 성급하고 분주하게 움직이고 있는지에 대한 상사의 모든 움직임은 상사의 업무 스케줄을 보면 알 수 있다. 상사의 업무 스케줄을 종합 분석해 보면, 자신이 속한 조직이 무엇을 중점적으로 추진하고 있으며 앞으로 어느 곳에 중점을 두고 업무를 해야 할 것인가에 대한 견적을 낼 수도 있다.

즉, 상사의 일정에서 가장 많은 점유율을 차지하고 있는 것이 상사가 가장 중요하게 생각하는 것이고, 그것이 조직원들이 해야 하는 가장 중요한 핵심 키워드가 되는 업무가 된다는 것이다.

특별히 상사의 스케줄을 공식적으로 관리하는 위치에 있다면, 가능한 한 상사의 동선이 원활하게 이뤄지고 제반 업무 사항이 고루 분포되어 상사의 움직임이 조화와 균형을 이룰 수 있도록 해야 한다.

상사가 움직이고 상사가 관심을 가지고 있는 부문은 화초에 물을 주는 것에 견줄 수 있다. 너무 한군데 집중적으로 물을 많이 주면 다른 곳은 수분 부족으로 화초가 시들해지고, 물을 너무 많이 주어도 화초의 뿌리가 썩어 버린다는 것을 알아야 한다. 그러므로 상사의 관심과 영향력이 너무 한군데에 편중되지 않도록 해야 한다.

또한 상사가 분주한 스케줄로 인하여 심신이 지치지 않도록 해야 한다. 즉, 스케줄이 있어도 상사의 심신이 고달프다고 생각하면 상사가 말을 하기 전에 이미 상사의 스케줄을 조절해서 상사가 충분히 휴식을 취할 수 있도록 해야 한다. 그것이 상사의 스케줄을 알고 있어야 하는 이유이기도 하다.

상사의 스케줄을 알아 두면 상사보다 먼저 그 자리에 나가서 준비를 할 수 있고, 상사가 처리하는 업무나 의사결정을 해야 하는 회의 등에 들어가기 전에 그에 관련된 중요한 핵심 정보를 상사에게 제공할 수 있다. 이에 따라 상사가 회의에서 유용한 자료로 활용함으로써 상사가 더욱 안정된 가운에 일정을 여유 있게 소화할 수 있게 되는 것이다.

상사의 일정이 안정되어 있어야 조직의 업무가 안정된다는 것을 명심해야 한다.

상사에게 보고
또 보고하라

　상사와 소통하는 가장 좋은 방법은 보고와 회의다. 상사와 공식적·공개적으로 소통할 수 있는 가장 좋은 방법은 보고나 회의다. 보고나 회의를 잘 활용해서 상사와 적극적으로 소통해야 한다. 그 어떤 소통보다 효과가 탁월하고, 상사와 부하 간의 가장 공식적이고 본질적인 소통이 보고라는 것을 알아야 한다. 그러므로 일단 보고할 수 있는 것은 생각할 것도 없이 무조건 상사에게 보고해서 상사와 접할 수 있는 시간을 확보해야 한다.

　축구 선수가 90분간 시합을 할 때 공을 소유하고 있는 시간은 고작 3분 내외다. 그때 좋은 기회를 만들어야 하고 실력을 유감없이 발휘해야 한다. 마찬가지로 직장 생활을 하면서 상사와 일로 소통을 할 수 있는 기회는 많지 않다. 상사에게는 상사의 업무가 있어서 바쁘고, 본인 역시 자기 업무를 처리해야 하기에 바쁘다. 그러한 상황에서 상사와 부하가 교점을 형성할 수 있는 기회는 바로 보고다. 보고는 일로 상사와 소통을 할 수 있는 절호의 기회다.

통한만큼 친해지는
통친력

그런데 많은 직장인들이 상사와 대면하기를 꺼려한다. 괜히 보고를 잘못했다가는 자기가 상상할 수 없는 일이 덤으로 쌓일 수 있기 때문이다. 가만히 있으면 중간이라도 간다는 말이 있듯이 차라리 상사에게 자기 업무에 대해서 보고하지 않고 상사가 자기 업무 영역을 침범하지 않는 것이 좋다는 생각으로, 상사에게 보고하기를 꺼린다. 괜히 보고를 잘못했다가 긁어 부스럼이 될 수도 있다는 생각에서다.

하지만 일을 잘하는 사람 혹은 상사와 소통을 잘하는 사람은 상사에게 보고하기를 주저하지 않는다. 그래서 없던 일도 이벤트나 이슈로 만들어서 일부러 상사에게 보고를 한다. 사실 이렇게 상사에게 일을 보고하는 것은 상사를 상사로서 인정한다는 것이고 상사에게 지도를 받겠다는 적극적인 구애라고 볼 수 있다. 보고를 하는 과정에서 상사에게 면박과 질타를 받을 수도 있지만, 그러한 과정에서 상사가 어떤 의중을 가지고 업무를 하는지에 대한 상사의 업무 철학을 알 수 있는 기회가 제공되기 때문이다.

아울러 보고하는 과정에서 자기의 업무 스타일이 상사의 업무 스타일과 어떻게 다른지를 알게 되고, 상사의 입맛에 맞는 업무로 진행하기 위해서는 어떤 스타일로 일을 해야 하는가를 알게 된다. 또 보고하는 과정에서 업무 외적인 것을 가미해서 대화를 하게 되고, 그로 인해서 상사와 인간적인 해후를 할 수 있는 좋은 기회를 마련할 수 있다. 그래서 상사를 존경하고 상사에게 인정받는 사람들은 스스로 결정할 수 있는 사안임에도 불구하고 일부러 상사에게 의중을 물어서 살얼음판을 걸어가는 것처럼 일을 한다.

물론 그런 모습이 결코 좋다고는 볼 수 없다. 자기에게 주어진 업무를 주인의식을 가지고 자기가 업무의 전반적인 책임을 진다는 생각으로 일을 하는 것은 좋다. 하지만 엄연히 직장이라는 곳은 상사가 존재하는 곳이다. 모든 것이 상사의 시나리오에 의해서 움직이는 곳이 직장이라는 것을 안다면, 왜 상사에게 소소한 것이라도 보고해야 하는지에 대한 해답을 얻을 수 있을 것이다.

업무의 경중은 자기가 판단하는 것이 아니다. 자기의 위치에서 중요하지 않게 생각하는 것이 상사의 입장에서는 큰일이 될 수도 있고 반대로 자기는 아주 큰일이라고 생각하는 것이 상사에게는 아무 일도 아닌 것으로 비춰질 수 있음을 알아야 한다. 그러므로 상사의 지침과 지시가 없는 상태에서 자기 마음대로 업무의 경중을 판단해서 처리하는 일은 없어야 한다.

특히 상사의 입장에서 가장 중요하게 생각하는 것은 대외 부서의 협조가 필요한 사항이다. 상사의 관할 구역을 넘어서 다른 집단과 이해관계를 함께하는 일은 상사가 무척 중요하게 생각하는 일이라는 점을 알아야 한다. 그러므로 대외적으로 나가는 문서 혹은 대외적으로 다른 부서 사람들과 함께 공동으로 업무를 처리하는 사항에 대해서는 자기가 실무자라고 해도 상사의 의중을 물어보고 상사의 의견이 반영되도록 업무를 처리해야 한다.

상사에게는 일일이 직원들의 업무나 동태를 모두 파악하고 있을 정도의 시간적인 여유가 없기 때문에 일정한 시점이 되어 매듭을 지어야 하는 상황에서는 상사가 굳이 지시를 하지 않아도 알아서 보고 자료를 종합적으로 정리하여 상사에게 보고해야 한다.

보고를 상사에게 자기 업무를 자랑하는 것이자 상사에게 자기 업무를 이해시키고 알리는 수단으로 잘 활용해야 한다. 그렇지 않고 자기 업무이기에 상사가 굳이 몰라도 된다는 생각으로 혼자서 일을 하는 것은 상사를 무시하는 행동이며, 상사를 안중에도 두지 않고 혼자서 제멋대로 일을 하는 것임을 알아야 한다.

보고의 시점은 자기가 다 준비되고 자기가 정하는 시점이 아니라, 상사가 원하는 시점에 보고해야 한다. 또 상사에게 지침을 받으면 제대로 상사가 원하는 의중이 잘 반영되었는지, 보고 지침을 주고받는 과정에서 커뮤니케이션의 에러는 없었는지, 자기가 하는 일이 상사가 원하는 방향으로 흘러가고 있는지를 확인하는 차원에서 중간 보고를 해야 한다. 그것도 '이제는 내가 다 알았으니 네가 스스로 알아서 한번 해 봐.'라는 말이 나올 정도로 상사의 마음에 각인을 시켜야 한다. 그렇게 한번 신뢰를 주면, 상사는 그 부하를 믿고 업무의 전권을 위임한다.

상사에게 보고를 할 때는 스와트(SWOT) 분석을 통해 강점과 약점을 분석하고 대내외적인 위협요인과 기회요인을 동시에 보고해야 한다. 또한 상사가 객관적으로 가부를 결정할 수 있도록 대내외 사례와 경쟁사의 정보를 함께 보고해야 한다. 그렇지 않고 자기 보고 내용에 국한하여 보고를 하는 것은 상사의 결정에 혼란을 주게 되므로 주의해야 한다.

또 실행 전략과 문제점 그리고 대안을 마련해서 보고해야 한다.

단순히 '문제가 많다' 혹은 '실행 대책 수립이 시급하다'고 말하는 것은 누구나 할 수 있는 보고다. 그렇게 문제만을 제기하는 보고를 상사는 제일 싫어한다. 보다 창조적이고 혁신적인 대안을 마련해서 상사에게 보고해야 한다. 그런 보고를 상사는 제일 좋아한다. 단순히 현상 및 문제점을 가지고 보고하는 것은 상사의 업무만을 늘려 주는 꼴이다.

중요한 것은 과거가 아니라 미래라는 점을 알아야 한다. 상사는 현상 및 문제점을 보고 미래의 길을 여는 사람이다. 그러므로 상사에게 희망을 주고 상사가 예상하지 못하는 창조적이고 혁신적인 방안을 마련해서 보고해야 한다. 아울러 현재 시점에 가장 시급한 일이 무엇이고, 현 시점에서 상사가 가장 중요하게 생각하는 것이 무엇인지를 인지하여 그 분야를 보고해야 한다. 시간이 지나면 자연적으로 해결되는 사안을 가지고 뭔가 이슈를 만들어서 보고하는 것은 상사의 심기를 어지럽히는 요소이므로 보고를 하는 데도 신중을 기해야 한다.

보고를 할 때 주의해야 하는 사항이 하나 있다면, 허위 보고를 하지 말아야 한다는 것이다. 아무리 급해도 거짓말로 보고를 하지 말아야 한다. 하나의 거짓말을 다시금 진실로 포장하기 위해서는 여러 번의 거짓말이 뒤따라야 한다. 그러므로 허위 보고 자체를 하지 말아야 한다.

거짓으로 보고를 할 바에는 침묵하는 편이 낫다. 임시방편이나 미봉책으로 허위 보고를 해서 그 순간을 넘어갈 수는 있으나 결코 오래가지 못한다. 그러므로 허위보고를 하지 않되, 만약의 경우에 자기도 모르게 허위보고를 했다면 즉시 그 사실을 보고해야 한다.

  허위 보고 자체가 나쁜 것이 아니라, 상사를 속였다는 것, 그리고 업무를 함에 있어 위장과 기만으로 여러 사람을 속였다는 것을 가장 크게 생각한다. 아무리 일을 잘해도 비도덕적이고 비윤리적인 사람은 사회적으로 지탄을 받는다는 점을 인식해야 한다. 단순히 허위 보고는 직장의 업무적인 측면을 떠나, 일상생활 전반에 그 사람의 살아온 삶 전체를 부정적으로 보는 이미지를 남길 수 있으므로 주의해야 한다.

회의석상에서
상사와 소통하라

　보고와 함께 상사와 원활하게 소통할 수 있는 절호의 기회는 바로 회의다. 보고가 일련의 상사와 부하 간의 일대일 대면적인 소통이라면, 회의는 상사와 일대 다수로 소통할 수 있다는 점에서 상사와 커뮤니케이션을 할 수 있는 절호의 기회라고 볼 수 있다. 그것도 공개적으로 다른 사람들이 보는 앞에서 상사와 긴밀한 공조 체계를 과시할 수 있는 절호의 기회이기도 하다.

　특히 상사가 주관하는 회의를 할 때는 사전에 회의 자료를 철저히 준비하여 회의 전에 상사에게 보고해야 한다. 상사가 주관하는 회의는 단순한 회의가 아니라, 그 회의에 참석하는 사람에게 상사가 리더십을 발휘하는 회의다. 즉, 분열된 전열을 가다듬고 그간에 느슨한 마음을 다잡는 자리다. 그래서 상사는 회의를 진행하기 전에 회의에서 무슨 말을 해야 하고 누구에게 어떤 질문을 하고 회의에 참석한 사람들에게 무슨 말을 할 것인가를 사전에 준비한다. 이때 상사가 회의 자료를 검토할 수 있도록 충분한 시간을 갖고 상사에게 회의 자료를 보고하는 것이 좋다.

요즘은 모든 기업들이 '회의는 비용'이라는 생각으로 가능한 회의를 줄이고 회의 시간도 1시간 이내로 단축하고 있다. 또 회의 원칙을 정해서 꼭 필요한 사람만을 참석하도록 하는 등 회의 간소화를 추진하고 있다. 회의를 하면서 왈가불가하기보다는 실제 현장에서 실행하는 것이 실익이 많기 때문이다.

　때로는 회의나 토론이 사전에 위험 요인을 발굴하고 실행을 전략적으로 할 수 있다는 점에서 이점이 있다. 하지만 속전속결로 성과를 내야 하고 실제로 불필요한 회의가 우후죽순으로 늘어나는 것을 방지하기 위해 회의를 최소화하고 있는 추세다.

　실제로 회사 생활을 하다 보면 회의를 다니다가 하루를 보내는 경우도 있다. 또 어떤 경우에는 회의에 참석해서 한 시간 동안 아무 말도 하지 못하고 꿀 먹은 벙어리가 되어서 보내는 경우도 있다. 물론 사전에 프로젝트와 연관된 사람들이 정보를 공유하고 책임과 역할을 분명히 하기 위해서 회의를 하는 것은 필요하다.

　그런데 많은 회의들이 본래의 취지에 맞는 회의로 진행되기보다는 상사의 입장에서는 부하들 군기를 잡는 용도로 활용되고 있다. 또, 부하의 입장에서는 허위 보고나 상사에게 잘 보이기 위해 불필요한 회의 자료를 준비하느라 시간을 낭비하고 가능한 한 상사의 심기를 건드리지 않기 위해 상사가 듣기 좋은 말만 하는 경우가 많다. 정작 문제점을 해결하기 위한 개선 방안이나 상사에게 건의해서 보다 발전적인 조직을 만들어야 한다는 말은 하지 않는다. 그러다 보니 회의가 무용지물이 되고, 단순히 상사의 지침과 당부사항을 듣는 모임으로 전락되고 있다.

회의가 본래의 목적에서 벗어나 무의미하고 간소화를 해야 한다는 측면으로 변질된 것은 무엇보다 상사의 회의 진행 방식에 있다. 회의에 참석한 사람들이 동등한 위치에서 허심탄회하게 자기가 하고 싶은 말을 할 수 있도록 회의를 진행해야 하는데, 부하 직원이 상사 앞에서 말을 많이 하는 것을 싫어하는 상사들의 태도에 문제가 있다.

또 정보 전달 성격을 가진 회의는 불필요하게 진행하지 말고 메일이나 유선으로 자료를 공유하는 것으로 대체해야 한다고 지시를 내려놓고, 결국 회의를 소집해서 본래의 회의 취지에서 벗어나 회의와 관련이 없는 내용으로 회의를 진행하는 상사도 있다.

그러기에 상사가 주관하는 회의를 할 때는 회의 자료를 단순하고 명확하고 실용적으로 작성해야 한다. 또 회의에 참석한 사람들이 상호 균등하게 발언권을 가지고 회의 목적에 대한 사항에 대해서 자기의 의견을 충분히 발언할 수 있도록 회의 순서와 시간을 사전에 계획해서 상사에게 보고해야 한다.

사실 상사가 회의를 소집해서 상사가 전하고자 하는 내용은 길어야 10분이면 모든 것이 완료된다. 또 그 자리에 모이기 이전에 회의 주제를 안내하고 회의에 참석한 사람들이 제출한 자료를 공부해야 한다. 그래서 굳이 회의를 소집하지 않아도 상사가 회의를 통해서 얻고자 하는 목적을 달성한 경우에는 사전에 상사에게 이를 보고하여 불필요한 회의가 진행되지 않도록 해야 한다.

사실 상사는 그야말로 몸이 열 개라도 모자라는 상황에서 회사 업무를 처리해야 한다. 그런 상사에게는 무슨 회의를 해야 하고 어떤 회의가 불필요한 회의라고 판단하고 이에 대한 결정을 내릴 시간적인 여유가 없다. 그러다 보니 과거에 해 오던 습관과 일정대로 회의를 진행하는 경우가 많다. 또 굳이 회의를 소집하지 않아도 된다는 것을 알면서도 부하의 입장에서는 상사의 지침이 없으면 계속해서 습관적으로 회의를 개최하여 운영하는 경우가 많다.

하지만 진정으로 상사를 잘 보필하는 부하 직원이라면 경영 환경과 현실적으로 실익이 없는 회의는 과감히 없애야 한다고 상사에게 건의할 정도가 되어야 한다. 어떤 경우에는 상사보다는 실무자가 음양으로 현실감각이 탁월하기 때문에 어떤 회의가 수박 겉핥기식의 불필요한 회의임을 아는 경우가 많다. 그런 점이 있다면, 상사에게 과감하게 회의를 없앨 것을 건의해야 한다.

상사가 주관하는 회의에서 상사와 원활하게 소통하기 위해서는 상사의 말을 예의 주시하면서 경청하고 상사의 말을 메모해야 한다. 눈은 상사의 눈을 바라보고 귀는 상사의 말에 신경을 모으고 몸은 상사의 말을 기록하는 자세로 상사의 말을 온몸으로 받아들여야 한다.

또한 상사의 말에 찬반을 표해야 하는 경우에는 어떤 경우든 상사의 말에 찬성표를 내는 선구자가 되어야 한다. 물론 상사의 말이 조직원들의 의견과 이견을 달리하는 경우가 있을 수 있다. 하지만 진정으로 상사와 소통을 하고 상사와 원만한 관계를 이어 가기 위해서는 다소 반감을 갖더라도 많은 사람들이 참석해 있는 공식적인 자리에서는 당연히 상사의 말에 긍정적인 태도를 보여야 한다. 그것도 주변의 눈치를 보면서 다수가 쏠리는 편에 서기보다는 과감하게 상사의 편에 서야 한다.

아울러 회의를 마치고 기회를 봐서 상사의 의견에 대해서 반론할 자료나 상사의 말이 무엇이 잘못되고 어떻게 하는 것이 바람직한 것인지에 대한 자료를 준비하여 상사에게 보고해서 상사가 다시금 당신의 의견을 검토할 수 있도록 해야 한다. 무조건 자기 생각과 감정과 자기 의견에 기인하여 반대를 위한 반대가 아니라, 공식석상에서는 찬성을 하되 비공식적인 석상에서 상사와 의견을 조율해야 한다. 그것이 상사의 권위도 유지하고 상사의 프라이버시를 침해하지 않는 선에서 상사가 당신의 의견을 바르게 다잡을 수 있도록 하는 길이다.

그렇게 하면 이후에는 사전에 회의를 하기 전에 그 부하에게 의견을 묻거나 최종 결정을 내리기 전에 그 부하의 의견을 존중해서 들어줄 것이다. 상사에게 그렇게 인정을 받는 부하가 상사와 원활하게 소통하는 부하다. 상사는 그런 부하를 귀하게 쓸 것이다.

결과적으로 상사와 원활하게 소통하는 부하가 되기 위해서는 회의나 보고 시에 상사에게 먼저 인정받는 것이 중요하다. 그것도 상사가 사적으로 인정하는 것이 아니라, 공식석상에서 다른 사람들에게 인정받을 수 있는 정도의 역량을 발휘하는 수준의 부하 직원이 되어야 한다. 상사는 그런 검증된 부하 직원과 소통하기를 원한다.

상사의 동정을
살펴라

　출근해서 가장 먼저 해야 하는 것은 바로 상사의 동정을 살피는 것이다. 퇴근할 때 상사에게 인사를 하고 퇴근을 했다면, 출근할 때 상사에게 인사를 하면서 상사의 동정을 살펴야 한다. 결코 상사의 상태를 완벽하게 파악할 때까지는 경거망동하지 말고 침묵해야 한다.

　간밤에 무슨 일이 있었으며 새벽에 현장에서 무슨 일이 있었는지 혹은 출근 직전에 무슨 일이 있었는지를 알게 될 때까지 조용히 침묵 속에서 상사의 언행을 잘 살펴야 한다. 그래서 상황 파악이 다 된 상태에서 상사에게 접근을 시도해야 한다. 그렇지 않고 상사의 상태를 파악하지 못하고 접근을 하다가는 상사의 기분이 별로 좋지 않는 상황에 있을 때는 오히려 역공을 당해서 상사의 분풀이 대상이 될 수도 있음을 인식해야 한다.

　제일 중요한 것은 상사가 현재 처한 상황이 상사의 상사와 문제가 있을 때다. 부하가 직속상관에게 몰입을 하고 관심을 기울이듯이 상사 역시 자신의 직속상관의 동정을 파악하고 있다. 그러므로 상사의 상사 동정을 아는 것도 상사의 동정을 아는 것의 팔 할에 해당한다. 즉, 상사의 상사가 그로기상태에 있다면 그 불똥이 자신의 직속상관에게 영향을 미치게 되고 그 직속상관의 불똥이 자기 업무에 불똥으로 연결된다는 점을 알아야 한다.

상사의 동정을 파악할 때 가장 좋은 방법은 상사의 메일을 열어 보는 것인데, 그것은 불가능하다. 그러면 어떻게 해야 상사의 메일에 무슨 내용이 담겨 있는지를 안단 말인가? 상사가 전화하는 소리를 듣거나 상사의 일정 계획을 보면 된다. 상사가 어떤 시간에 어떤 장소에서 어떤 사람들과 함께 하는지를 알아야 하고, 자기의 상사에게 오더를 제공하는 상사의 상사 일정을 알고 있어야 한다. 아울러 상사의 상사가 어떤 것에 역점을 두고 있는지를 아는 것이 상사의 동정을 제일 잘 알 수 있는 길이다.

어찌 보면 상사는 작은 경영자라고 볼 수 있다. 경영자의 지침을 받아서 경영자의 철학과 경영자가 지향하는 바를 현장에 실현시키는 사람이다. 그러므로 시시각각으로 변하는 상황에서 경영자가 어떤 경영지침을 내리고 그 경영지침에 따른 실행전략이 어떻게 전개되는가를 유심히 살펴봐야 한다. 그 속에 현장에서 일하는 직책 보임자들이 무엇을 해야 하는가에 대한 업무 내용이 담겨 있기 때문이다.

상사가 가끔은 피로에 젖어서 잠을 청할 때가 있다. 업무 중에 잠을 자는 것은 업무 태만이지만, 전날 직원들과의 소통을 위해서 회식을 하거나 현장의 사건 사고를 처리하느라 날밤을 새워서 잠을 한

숨도 자지 못한 경우라면, 상사의 주변에 얼씬거리지 말고 모르는 척해야 한다.

상사가 자고 있을 때는 온전히 상사가 피로를 회복할 수 있는 시간적인 여유를 확보해 주기 위해 일부러 자리를 비우거나 전화 소리도 크게 울리지 않도록 해야 한다. 눈치도 없이 상사가 힘들어 지쳐 있는 상태에서 자기 업무를 보고 하는 것은 오히려 상사에게 짜증을 일으키게 하는 원인을 제공할 수 있음을 알아야 한다. 그런 날에는 회의 일정이 잡혀 있어도 상사가 필히 참석을 하지 않아도 되는 일정이라면 자기가 대신 참석을 하거나 참석한 사람에게 정보를 얻어서라도 그 회의에 대한 정보를 상사에게 제공해 주어야 한다.

물론 그런 것이 매번 반복된다면 문제일 수 있지만, 가끔 특별한 경우에 그런 상황이 발생된다면 그것은 문제가 되지 않는다. 물론 상사의 입장에서는 그럼에도 불구하고 사무실에서 잠을 자지 않는 것이 좋다. 특히 부하 직원이 보는 가운데 그런 나태한 모습을 보이는 것은 리더십을 발휘하는 데 결코 도움이 되지 않는다. 정히 잠을 자야 하는 경우라면, 특별한 일정을 잡아서 잠시 사무실을 나서서 부하들이 보지 않는 곳에서 잠을 청하는 것이 바람직하다.

부하 직원이 상사의 동정을 살펴야 하는 이유는 상사의 기분이 조직의 분위기이고, 상사의 희로애락이 조직의 희로애락이 되기 때문이다. 아울러 상사의 동정이 조직의 움직임이고 상사의 기분이 조직의 성과로 연계되기에 상사의 동정을 잘 살펴야 한다.

또 경우에 따라서는 상사 역시 부하 직원의 동정을 유심히 살피고 부하 직원의 컨디션이 어떤 상태인지를 면밀하게 살핀다는 것을 알아야 한다. 상사는 마치 바쁜 자기 업무에 열중을 하고 부하 직원의 상태에 별로 관심을 두지 않는 척 보이지만 부하 직원의 컨디션과 업무 태도를 말하지 않아도 두 눈이 아닌 다른 눈으로 관심을 가지고 보고 있음을 알아야 한다. 부하가 상사의 동정을 파악 하듯이 상사는 이미 부하 직원의 동정을 파악하는 것이 습관화되어 있다. 그것은 모든 상사들이 갖는 달란트다. 마치 목자가 양들의 상태를 알고서 양떼를 모는 것과 같다.

그러므로 상사의 동정을 파악함과 동시에 자기의 동정을 상사에게 잘 드러내야 한다. 자기가 아주 긍정의 상태이며, 자기는 업무에 대해서 매우 적극적이고 능동적이며 자발적으로 어떠한 업무를 부여받아도 능히 그것을 처리할 수 있는 상태임을 내보여야 한다. 아울러 상사 역시 부하가 하루 일과를 무엇을 하면서 지낼지를 항상 궁금해한다는 것을 알고, 자기가 평소에 기본적으로 하는 업무를 상사에게 피력해서 상사가 부재중에도 부하가 무슨 일을 하고 있는지를 알 수 있도록 하는 것이 매우 중요하다.

통할만큼 친해지는
통친력

일을 시작하는 시점에
동참하라

　연초나 연말 혹은 월초와 월말, 분기 초와 분기 말, 인사 고과 시즌 등 특별한 시작과 종료가 있는 시점에는 상사와 마음을 함께해야 한다. 즉, 상사가 실행 전략을 세운다거나 혹은 성과를 정리하는 시점에는 상사의 업무에 적극적으로 동참하여 상사의 바쁜 업무를 함께 들어 주어야 한다.

　대부분의 상사들은 앞서 말한 바와 같이 일정한 매듭을 지어야 하는 경우나 새롭게 판을 짜야 하는 경우에 바싹 긴장한다. 특히 예기치 않는 사고로 인하여 분주하게 지내다가 사건 사고가 수습되고 평온을 되찾으면 다시금 심기일전하기 위해서 새로운 실행 전략을 수립하게 된다. 이때 전략을 짜는 데 필요한 정보를 제공하고 성과를 정리하는 데 상사를 부각시킬 수 있는 콘텐츠나 자료를 제공해서 상사가 결과를 정리하는 데 어려움이 없도록 해야 한다.

　경우에 따라 어떤 사람은 상사가 사건 사고로 인해서 분주하게 지낼 때 수수방관하면서 혼잡한 틈을 타서 자기 개인적인 업무를 하는 사람이 있는데, 아무리 바빠도 상사는 그러한 것을 직감적으로 안다. 그러므로 상사가 사건 사고로 인해서 분주하게 지낼 때는 회의 자료를 정리해 주거나 보고서 작성에 필요한 자료를 제공해 주는 등 상사의 업무를 보다 적극적으로 도와주어야 한다.

어려울 때 도움을 주는 친구가 진정한 친구이듯 상사 역시 자기가 어려울 때 헌신적으로 희생을 마다하지 않는 부하 직원을 아끼고 사랑한다는 점을 알아야 한다.

직장 생활을 하면서 불미스러운 일이 생기면 상사는 이루 헤아릴 수 없을 정도로 혼란스러운 상태에 빠진다. 그러한 일이 발생되기까지 분명히 어떠한 징후가 있었을 텐데 그것을 파악하지 못한 자기 자신을 탓하고 있음을 알아야 한다.

그러므로 그런 때는 상사의 곁에 있으면서 상사가 불안정한 심리 상태에서 벗어나 온전히 객관적인 시각으로 사건 사고를 처리할 수 있도록 최선의 노력을 다해서 상사를 보필해야 한다. 이는 상사보다 먼저 나서서 주도적으로 사건 사고를 해결하라는 뜻이 아니다. 상사 곁에서 상사가 지시하는 것만을 해도 상사를 잘 보필하는 것이다. 아울러 사건 사고가 마무리되고 다시금 판을 새롭게 짜야 하는 상황이 도래할 것이라는 생각에서 자기 업무에 대해서 새로운 혁신적인 사안이 부가되도록 뭔가 변화를 가해야 한다.

직장에서는 시작과 끝이 무척 중요하다. 특히 상사는 조직을 관리하는 입장에서 시작과 끝을 아주 중요하게 생각한다. 어정쩡한 시작이라도 끝이 좋으면 된다는 생각으로 조용히 침묵하면서 수수방관하고 있다가 상사의 업무 지시가 내려지면 그때 움직이려는 사람이 있는데, 그것은 상사에게 더 미운털이 박히는 행위라고 볼 수 있다.

상사는 시작할 때 누구와 시작을 하는지를 매우 중요하게 생각한다. 일단 일이 시작되면 분명히 반감을 가지는 직원이 생길 것이기에 처음 시작하는 단계에서 자기편이 누구이고 자기편이 되어 주는 사람이 얼마나 될 것이라는 것을 늘 생각하고 있다.

그런 점에 착안하여 상사가 무엇인가를 시작하는 시점에서는 꼭 참석해서 상사의 의중과 상사의 철학을 마음에 잘 새겨야 한다. 즉, 상사가 그런 일을 시작한 배경과 그러한 업무 지침을 내리는 까닭을 잘 알고 있어야 한다. 그래야 시작 단계에서 제대로 첫 단추를 잘 끼워 주는 선구자적인 역할을 수행할 수 있다.

상사는 자기가 나서서 해야 하는 일임에도 자기가 나서면 직원들의 거부감이 득세를 하기에 어느 정도 여지를 남겨 두고 멀리 떨어져서 일의 진행 정도를 지켜본다는 것을 알아야 한다. 그런 시점이 상사의 눈에 들 수 있는 절호의 기회다. 아니, 사익을 도모하기 위해서가 아니라, 오로지 조직을 위해서 그런다는 생각으로 자기를 희생해야 한다.

사실 부하의 입장에서는 상사보다는 조직이 중요하다. 상사는 인사이동이 이뤄지는 시점에 다른 곳으로 보직이동을 하면 그만이다. 자기가 오래도록 생활을 해야 하는 조직이라는 점을 생각해서 상사를 위해서 그리하는 것보다는 조직을 위해서 자기가 해야 하는 바를 잘 실행해야 한다. 결국 조직을 위해서 하는 일이 상사를 위한 일이 된다. 하지만 상사를 위한 일이 꼭 조직을 위한 일은 아니라는 사실을 알아야 한다.

일찍 출근하고
늦게 퇴근하라

　한때 아침형 인간이 성공한다는 말이 널리 회자된 적이 있다. 아침에 일찍 일어나는 사람이 그렇지 않는 사람에 비하여 성공할 확률이 높고, 실제로 성공한 사람들의 대부분은 아침에 일어난다는 것이다. 현대그룹의 창업자인 정주영 회장은 그날 할 일이 너무도 가슴을 뛰게 하기에 도저히 잠을 잘 수가 없어 이부자리를 박차고 새벽을 질주했다고 말한다.

　닭이 먼저인지 계란이 먼저인지에 대한 것이지만, 결국은 아침에 빨리 일어나는 사람이 성공할 확률이 높은 것은 사실이다. 그것은 자기가 하는 일이 즐겁고 늦잠을 자는 것보다는 그 일이 하고 싶은 마음이 더 크기 때문이다. 그러함을 아는 사람이 상사다. 상사 역시 그 자리에 오르기 위해 수많은 역경과 고통을 감내했을 것이고, 누구보다 새벽에 일어나서 자기가 하고자 하는 일에 몰두했기에 그 자리에 오른 것이다.

　그런데 대부분의 많은 직장인들이 출근시간에 허덕이고 러시아워에 걸려서 간신히 출근 시간을 맞추는 경우가 많다. 그런 사람들 중에서 새벽에 출근을 하고 남보다 먼저 부지런하게 업무를 시작하는 부하를 바라보는 상사의 마음은 어떠할까?

아마도 자기가 이끄는 조직에 그런 직원이 있다면 가서 안아 주고 뽀뽀라도 해 주고 싶은 마음일 것이다. 남보다 일찍 출근을 했다는 것은 일과를 마치고 전날 밤에 자기 관리를 잘했음을 의미한다. 전날 술을 많이 마셨다면 일찍 일어날 수 없다. 아침 식사도 못할 정도로 피곤한 몸을 이끌고 부스스한 얼굴로 출근하는 부하 직원을 좋게 보는 상사는 없다.

상사와 원활한 소통을 하기 위해서는 우선적으로 상사의 마음에 들어야 한다. 일단 자기 마음에 들어야 그 사람에게 호감을 갖게 되고, 그 사람과 허심탄회하게 대화를 나누고 싶어 하는 마음이 생기게 된다.

상사가 하루를 시작하는 아침에 상사보다 먼저 출근해서 다른 사람이 출근하지 않는 사무실에서 혼자 열정을 다해서 업무하는 부하를 상사가 좋아할 것은 자명하다. 상사가 오기 전에 업무를 파악해서 전날 밤에 무슨 일이 있었고 오늘 하루 어떤 일을 해야 한다는 말을 해 주는 부하 직원을 어찌 상사가 미워할 수 있으랴.

하루를 시작하는 아침에 상사의 눈에 든다면, 그날은 상사와 원만한 소통을 하지 않으려고 해도 원활하게 소통할 수밖에 없다. 또 다른 사람이 전혀 출근을 하지 않는 상태에서 텅 빈 사무실에서 상사와 단둘이 업무를 하고 있다면, 상사는 업무 파악을 하는 과정에서 말을 할 것이다. 서로 침묵 속에서 일을 하면서도 서로를 자랑스럽게 생각할 것이다. 그 마음은 상사가 더 크다. 왜냐하면 상사는 자신의 조직을 책임지는 자리에 있기 때문이다.

아버지가 외출 중에 장남이 아버지의 역할을 대신해서 가정을 무탈하게 이끄는 모습을 바라보는 부모의 마음은 아들이 대견스러울 것이다. 마찬가지로 상사 역시 새벽에 출근하는 부하 직원을 그렇게 바라본다는 것을 알아야 한다.

직장에 일찍 출근한다는 것은 자기가 하는 일에 재미를 느끼고 있음을 의미한다. 자기가 실제로 흥미를 느끼지 않는 일을 하기 위해 새벽에 출근하는 직원은 없다. 가능한 하루 8시간을 무탈하게 상사로부터 스트레스를 받지 않고 안정되게 보내려고 하는 것이 대부분의 직장인들의 속성이다. 그런 와중에도 새벽에 출근하여 일하는 부하 직원은 상사의 입장에서 볼 때 든든한 아군이 아닐 수 없다.

또 많은 직장인들이 가능한 상사의 얼굴을 대면하기를 싫어한다. 어떻게든 상사의 눈을 피해서 무탈하게 하루 일과를 보내기를 원한다. 그래서 가능한 상사의 눈에 띄지 않기 위해서 말없이 조용히 출근하는 직장인들이 부지기수다. 그런 관점에서 볼 때, 상사보다 먼저 출근하는 부하 직원은 상사에게 든든한 우군이자 상사가 향후 일을 하는 데 있어서 믿고 맡겨도 되는 사람이라는 생각을 갖게 한다. 그 누구보다 조직에 대한 애정이 깊고 무엇보다 상사의 마음을 헤아려 주는 사람은 그 직원이라고 생각한다는 사실을 알아야 한다.

통한만큼 친해지는
통친력

새벽에 다른 사람보다 먼저 출근하는 사람은 진정으로 자기가 하는 일에 사명의식을 가진 사람이라고 볼 수 있다. 자기가 조직의 상사도 아니고 일개 팀원일 뿐인데, 리더와 같은 생각으로 일을 사랑하고 조직의 업무에 대해서 책임의식과 주인의식이 투철한 사람이라고 볼 수 있다. 상사의 입장에서 볼 때, 그런 사람과 대화를 하고 싶어 할 것이고 그런 사람에게 후한 점수를 주고 싶어 할 것이다.

새벽에 출근하면 남보다 일찍 출근해서 자기 본연의 업무를 일찍 마치고 마음의 여유를 즐길 수 있어서 좋고, 상사에게 인정을 받아서 좋으니 일거양득인 셈이다. 또 덤으로 상사와 단둘이서 맞대면을 할 수 있고 상사와 업무나 업무 외적인 것으로 독대를 할 수 있으니, 이보다 더 좋은 경우가 또 어디 있으랴.

출근해서 당일 할 일을
자진해서 고하라

상사와 함께 일할 때는 그날그날 자기가 해야 하는 일이 상사의 귀에 들어가도록 하는 것이 좋다. 상사는 자기와 함께 일을 하는 부하들이 무슨 일을 할까를 항상 궁금해한다. 만일 부하가 일을 하지 않고 놀고 있으면 해야 할 업무를 주어야 하기 때문이다. 오늘은 부하에게 어떤 일을 시켜야 하는가를 고민하는 사람이 상사다.

그러므로 그런 상사의 불안감을 희석시켜 주고 자신에 대한 상사의 그런 관심에서 벗어나기 위해서는 상사가 듣는 상황에서 일부러 자기가 해야 하는 일과에 대해 넌지시 말하는 것이 좋다. 또 자신의 하루 일정에 대해서 상사에게 일일 업무 보고를 하는 것도 좋다.

중요한 것은 상사가 궁금해하고 상사가 생각을 하기 전에 출근해서 당일 해야 하는 일에 대해서 자진 신고를 하는 것이 좋다는 점이다. 또한 상사에게 일부러라도 결재 승인을 필요로 하는 이슈에 대해 보고하면서 자기의 고민이나 현재 하고 있는 일의 어려움에 대해서 코칭을 받는 것도 좋다.

무엇을 하든 자신이 항상 일을 하고 있다는 것을 상사가 느끼게 해야 한다. 또한 상사가 굳이 시키지 않아도 주도적으로 할 일을 찾아서 한다는 인식을 심어 주어야 한다. 그러면 어느 순간 상사의 레이더망에서 사라질 것이다. 상사 입장에서는 자기가 지시하지 않아도 부하가 스스로 찾아서 업무를 수행하기에 걱정을 하지 않는 것이다.

특히 상사와 동일한 공간에서 오래도록 함께 일을 해야 하는 경우에는 자세를 바르게 하고 눈빛에 생기가 있는 상태에서 활력 있는 업무 태도를 보여야 한다. 그렇지 않고 나태하고 게으른 사람처럼 힘없이 자리만 지키고 있는 것과 같은 이미지를 풍기면, 상사의 입장에서는 적정한 자극을 주고 생동감 넘치는 긴장감을 불어넣어 주기 위한 요량으로 부하 직원에게 일부러 업무 오더를 내린다는 것을 알아야 한다.

그러므로 상사로부터 일이 없어서 월급을 축내고 있다는 냄새를 풍기지 않기 위해서는 상사가 느끼기에 일이 무척이나 많아 보이는 것처럼 어느 정도 위장할 필요가 있다. 또한 다른 동료들과 함께 과제 수행 프로젝트에 참여하는 활동에 적극적으로 나서면서 상사의

입장에서 조직에 활력을 불어넣어 주는 부하 직원으로 인식되도록 필요한 경우에는 쇼를 하는 것도 좋다.

　물론 무엇보다 중요한 것은 상사의 눈치를 보지 않고 자기 스스로 회사 업무에 흥미를 느껴서 열정을 다해 몰입하는 것이다. 그러나 직장 생활의 특성상 그것이 자기의 일이 아닌 회사의 일인데다 심신의 피로를 느낄 정도로 일을 하는 것은 개인의 삶에 전혀 도움이 되지 않는다는 생각이 들 때도 있을 것이다. 이처럼 컨디션이 좋지 않은 날에 대비해서 상사뿐 아니라 주변 사람들에게까지도 조직을 위해서 많은 일을 하면서 자발적으로 일을 찾아서 하는 사람이라는 인식을 심어 주어야 한다.

상사의 일을
방해하지 마라

　상사가 제일 까다롭고 불편하게 생각하는 사람은 바로 나이가 많고 경험도 많은 형님 같은 부하 직원이다. 상사가 말을 하지 않아도 자발적으로 일을 찾아서 한다면 몰라도, 피동적으로 일일이 상사가 일을 시켜야 움직이는 부하라면 그야말로 상사의 입장에서는 피곤한 부하라고 볼 수 있다. 또 상사가 무슨 일을 새롭게 시도하려고 하면 자기 경험이 어떻다는 등의 이야기를 하면서 자기가 마치 모든 것을 알고 있는 것처럼 거드름을 피우는 부하 직원을 제일 싫어한다.

　그러므로 자기가 상사보다 더 경험이 많고 나이가 많다면, 어느 정도 상사로부터 떨어져 있어야 한다. 그냥 조용히 있는 것이 상사를 도와주는 것이다. 아무리 왕년에 그 분야에 대해서 자기가 잘 알고 있다고 해도, 상사가 하고자 하는 일에 대해서 충고나 조언을 할 수 있다고 생각하는 것은 독단적인 오판이 아닐 수 없다.

　상사의 입장에서는 그런 사람일수록 '그냥 조용히 자리나 지키면서 나서지 말고 자기 할 일이나 했으면……' 하는 마음을 가지고 있다. 재능이 많고 역량이 뛰어나서 큰 성과를 내기를 바라지도 않는다. 어쩌면 그런 사람은 이제 한물갔다고 생각하기 일쑤다. 그러므로 전면에 나서지 않아야 한다. 정히 나서고 싶다면 전면에 나서지 말고, 배후에서 후배들을 양성하면서 후배들이 하고자 하는 것을 이룰 수 있도록 아낌없이 지원해야 한다.

자기가 조직에서 꼭 필요한 사람이라고 생각하는 사람이 가장 많은 실수를 저지르는 것은 일에 대한 의욕과 열정이 강하다 보니 상사의 영역을 침범하여 오히려 상사를 불편하게 한다는 것이다. 자기는 잘하려고 적극적이고 자발적으로 나선 것이, 오히려 상사의 입지를 좁혀 상사의 심기를 불편하게 하는 것이다.

그러므로 경험이 많고 아는 것이 많을수록 그냥 조용히 있어야 한다. 결정적으로 자기가 나서야 하는 시점이라고 생각해도 어느 정도 참고 기다려야 한다. 그래서 자기가 나서지 않으면 안 되는 상황, 자기가 도움을 주지 않으면 결코 안 되는 결정적인 상황에 나서야 한다.

왕년에 잘나가던 그 시절을 생각하면서 자기의 실력을 한껏 발휘하려는 마음과 이제는 나이가 먹어서 얼마 남지 않았으므로 이제라도 유종의 미를 거두기 위해서라도 최선을 다하겠다는 의욕 어린 마음으로 접근했다가는 오히려 상사의 입지를 좁게 하는 결과를 초래할 수 있으므로 항상 주의해야 한다. 즉, 상사의 리더십이 미치는 영향력권 안에서는 작업을 하지 말라는 것이다. 정히 조직을 위해서 기여를 하고 싶다면 백의종군하는 마음으로 나서지 말고 촌부의 자

리에서 위에서 지시하는 사항과 자기에게 주어진 업무에 충실해야
한다.

  또 상사의 허락이 준하는 선 안에서 생활하는 것이 좋다. 자신에
게 10미터 높이를 오를 수 있는 능력이 있어도, 상사의 입장에서 3
미터 이상으로 높이 오르는 것을 싫어하는 눈치라면 결코 3미터 이
상으로 오르려고 하지 말아야 한다. 어떤 상사는 능히 부하 직원이
나서서 할 수 있는 수준임에도 불구하고 자기의 안위를 위해서 나서
지 않는 경우에는 오히려 나서지 않는 것에 대해서 마음 아프게 생
각하고 있음을 알아야 한다.

할 일이 없다고
손을 놓지 마라

간혹 회사에서 일을 하다 보면 상사가 주는 업무 오더가 없어서 혹은 자기가 하는 일을 모두 마쳐서 일이 없다고 그냥 손을 놓고 있는 경우가 있다. 그것은 직장 생활을 잘못하고 있는 것이다. 사실 직장이라는 곳은 일 천지다. 그럼에도 불구하고 경영자들은 일은 적은데 일하는 사람은 많다며 사람을 줄여야 한다고 말한다. 이에 반해 현장에서 일하는 직원들은 오히려 사람이 적은데 일이 많다고 말한다.

일이 많든 사람이 많든 기업에서는 어떡하든 일을 해서 이익을 내야 한다. 그러므로 일이 많으면 그 많은 일을 돈이 되는 일로 만들어야 하고, 사람이 많으면 그 많은 사람들을 돈 버는 사람으로 만들어야 한다. 이것이 경영자가 해야 하는 일이다. 무책임하게 일이 많다, 또 사람이 많다고 말하는 사람은 경영할 자격이 없다고 볼 수 있다.

직장 생활을 하다 보면 개인적인 일보다는 상사의 눈 밖에 나서 일을 하지 못하는 경우가 있다. 어떤 상사의 경우에는 회사에 일을 하

통한만큼 친해지는
통친력

러 온 사람을 아예 일도 하지 못하게 하는 경우도 있다. 노조 간의 갈등도 아니고 단순히 인간적으로 자신의 자존심을 상하게 했다는 이유로 부하 직원에게 일을 주지 않고 아무 관심을 보이지 않는 것이다. 그런 경우에는 회사에 출근하는 것 자체도 힘들 것이다.

그럼에도 불구하고 프로 직장인이라면 회사에 출근해서 자기 주도적이고 적극적으로 자기 일을 찾아서 해야 한다. 상사가 일을 못하게 하고 상사가 일을 주지 않기에 자기에게는 할 일이 없다고 그냥 손을 놓고 있는 것은 자기 속을 스트레스로 태우는 우를 범할 수 있다. 스트레스 상황이 발생할수록 일을 찾아서 해야 한다. 정히 할 일이 없으면 청소라도 하면서 몸을 움직여야 한다.

상사가 미워하고 상사가 일을 주지 않는 것은 상사의 사적인 감정에 의해서 그런 것이 아니라, 조직의 인사나 감사부서 등 상급부서에서 내려온 지시 사항일 수도 있음을 알아야 한다. 예를 들어 안전사고를 발생시킨 직원에 대해서 자기 스스로 옷을 벗게 하겠다는 슬로건을 내걸고 안전 활동을 전개했는데, 안전사고를 낸 직원 스스로 옷을 벗게 하기 위해서 그러한 상황이 생길 수도 있다는 것이다.

조직 생활을 하면서 할 일이 없어서 편하다고 말하는 사람도 있다. 일을 산더미처럼 쌓아 놓고도 일이 없다고 말을 하는 사람이 진정으로 일을 잘하는 사람이다. 정말로 일이 없는 사람은 일이 없다고 말하지 않고 늘 바쁘다고 말한다. 하는 일이 없는데도 왜 그리 시간이 빨리 가는지 모르겠다고 말한다. 하지만 진정으로 일을 잘하는 사람은 놀 때 놀고, 할 때 하는 사람이다. 그렇게 일을 할 수 있을 정도의 숙련된 직장인이 되어야 한다.

일로
승부를 걸어라

　상사와 소통을 하려고 해도 상사에게 말을 하지 못하고, 또 상사 앞에서 말을 하려고 하면 무슨 말부터 해야 할지 몰라서 꿀 먹은 벙어리처럼 아무 말도 하지 못하고 그냥 자리에 돌아오는 경우가 많다. 다른 동료들과는 할 이야기도 많고 그냥 말을 하지 않아도 크게 긴장되지 않는데, 상사 앞에만 가면 왜 그렇게 작아지는지 모르겠다는 사람들이 많다.

　그것은 직장인이라면 당연하다. 특히 상사를 어렵게 생각하고 상사를 잘 섬기는 사람일수록 상사가 무서운 줄을 알기에 상사를 조심스럽게 대한다. 자기 개인의 모든 직장 생활이 상사에게서 비롯되고 상사가 생살여탈권을 가지고 있기에 더욱 그러하다. 특히 상사가 구구절절 변명하고 말하는 것을 싫어하는 성격이라면 더욱 그러하다.

　자칫 말을 잘못했다가는 상사에게 본전도 못 찾는 결과가 초래한다는 이유로 계속해서 상사와 불통 상태로만 지낼 수는 없는 상황이다. 그렇다면 상사와 원활하게 소통하기 위해서는 어떻게 해야 하는가? 그것은 바로 업무로 소통하는 것이다. 특별히 상사를 찾아가서 소통하는 것도 중요하지만, 메일로 일에 대한 내용을 공지하고 게시하는 과정에서 상사와 자연스럽게 소통하는 것이 가장 좋은 소통이다.

상사는 부하 직원들이 하는 모든 일에 관심을 가지고 있기 때문에 그러한 메일을 보면서 코멘트를 하게 된다. 또 설령 코멘트를 하지 않아도 상사는 그 부하 직원이 게시한 업무 관련 메일 내용을 보고서 그 부하 직원의 마음을 읽는다. 업무 관련한 메일을 상사에게 보냈는데 특별한 회신이 없다면, 상호 업무적인 면에서 공감대가 형성된 것이라고 볼 수 있다.

조직을 관리하는 상사가 부하 직원들에게 바라는 것은 자기가 맡은 업무에 대해서는 상사가 특별히 관여하지 않아도 자발적이고 적극적으로 움직이는 것이다. 자기 본연의 업무임에도 불구하고 마치 남의 일을 하듯 일일이 상사의 지시를 받아서 업무를 처리하는 직원도 있는데, 그것은 상사에게 지나치게 의존하는 것이다. 부하 직원은 상사가 권한을 위임한 영역 안에서 자기가 맡은 실무에 대해서는 상사의 간섭이 없더라도 주인의식을 가지고 자발적으로 업무에 임해야 한다.

조직은 상호 공동의 목표를 달성하기 위해서 체계적으로 역할을 분담하여 상호 맡은 바 업무를 완수함으로써 조직의 목표를 달성한다. 그러기에 상사가 제일 우선적으로 조직의 본질적인 차원에서 생각하고 있는 것은 바로 목표 달성의 근간이 되는 업무에 대한 것이다. 조직이 생생하게 살아서 움직이는 까닭은 바로 업무가 살아 있기 때문이다.

그러므로 부하 직원의 입장에서는 자신의 업무가 죽어 있는 업무가 아닌 생생하게 살아 생동감이 넘치는 업무가 되도록 해야 한다. 그것이 조직이 오래도록 성장하는 근간이 된다. 그렇게 볼 때, 상사와 가장 잘 통하는 부하 직원, 상사와 원활하게 소통하는 부하 직원이 되기 위해서는 가장 우선적으로 업무로 상사와 통해야 한다는 것을 알 수 있다.

앞서 말한 바와 같이 상사의 앞에만 서면 작아지는 직원일지라도 업무로 상사와 소통하면 된다. 굳이 백 마디 말이 필요하지 않다.

상사는 부하 직원과 많은 대화를 나누지 않아도 그가 해 놓은 일을 보면 한눈에 모든 것을 알아본다. 그래서 일을 제대로 하지 않고 말만 많은 직원이 누구이고, 전혀 말을 하지 않고 침묵하면서도 묵묵히 자기가 해야 하는 일을 완벽하게 완수하는 부하 직원이 누구인지를 다 안다. 그러므로 상사와 애써 원활한 소통을 하려고 다가가는 것도 좋지만, 사귐성이 없고 상사와 대면하는 것이 껄끄럽고 조심스럽다고 느껴진다면 업무로써 상사와 소통하려고 해야 한다. 상사는 일을 하지 않고 말을 많이 하는 사람보다는 말이 없어도 성실하게 자신의 업무에서 주인의식을 가지고 프로다운 자세로 업무에 몰입하는 사람을 더욱더 가치 있는 부하 직원으로 여긴다는 사실을 알아야 한다.

통한만큼 친해지는
통친력

그러므로 아침에 출근하면 주도적으로 업무 시작을 알리는 미팅을 주선해서 관련자들과 함께 미팅하는 모습을 상사에게 보여 주어야 한다. 또 그러한 미팅 내용을 요약 정리해서 상사에게 서면으로 보고하고, 업무가 진행되는 중간중간에 업무 진행 사항을 보고하되 업무가 완료된 다음에는 성과 분석 자료를 종합 정리하여 상사에게 보고하는 것으로 상사와 소통하는 것이 가장 기본적인 업무 프로세스다.

상사의 머리는 항상 일에 대한 생각으로 가득하다는 것을 한시도 망각해서는 안 된다. 사적인 일보다는 공적인 일을 먼저 생각하는 사람이 상사다. 그러므로 상사에게 사적인 일로 친해지려고 하기보다는 공적으로 업무적인 관계에서 친함을 유지하기 위해 힘써야 한다. 상사와 부하 직원의 관계는 업무를 떠나서는 무의미하기 때문이다.

불필요한 것이라도
자료를 모아라

　직장이나 조직에서 일을 할 때 훗날을 생각하고 미래를 생각하면서 일하는 사람은 조직을 관리하는 사람이다. 조직을 관리하는 사람은 항상 조직관리의 필요성을 생각하면서 3년 후, 5년 후, 혹은 10년 후를 생각한다. 그래서 현재 아무리 잘나가더라도 내일 혹은 미래에 무엇을 해서 먹고 살 것인가를 생각한다. 그런 리더와 상사의 심기를 잘 헤아려서 그림자처럼 상사를 보필해야 한다.

　초한시대에게 유방의 참모였던 소하가 함양을 점령했을 때 아무도 챙기지 않고 관심을 보이지 않았던 진나라의 행정서류를 챙겼던 것이 훗날 유방이 나라를 다스릴 때 많은 도움이 되었다. 마찬가지로 상사와 상호 원활하게 소통하기 위해서는 상사의 미래에 대한 근심과 걱정거리를 알아서 잘 챙겨 주어야 한다. 상사의 입장에서는 미래의 큰 방향을 설정하지, 구체적이고 세세한 사항을 챙기지는 않기 때문이다.

　상사는 향후 어떻게 일의 방향을 이끌어 갈 것인지 혹은 향후 어떤 일이 벌어질 것인가를 예측하면서 그에 대한 일들을 준비한다. 그러한 큰 그림을 그리는 상사를 보필하기 위해서는 부하 직원도 먼 미래를 생각하면서 일해야 한다. 당장 목전에 닥친 오늘 하루의 일을 하는 것이 아니라, 미래 발전 방향에 필요한 살림살이를 하나하나 물밑에서 준비해야 한다.

상사가 포석을 두면 실제로 바둑을 두듯이 실전을 치러야 하는 사람은 부하다. 그러므로 자기 업무에 대해서 미래에 필요하다고 생각되는 것은 자료든 물건이든 도구든 잘 보관해 두어야 한다. 대개 직장 생활을 하다 보면 그때그때의 상황에 따라 일이 돌아가는 정도가 달라져 눈앞에 보이는 것만을 생각하면서 일을 하는 경우가 많다. 그래서 지금 당장 필요하지 않는 것이라고 생각되면 대부분 불필요한 것이라고 생각해서 파기하는 경우가 있다. 그러다 보면 나중에 필요한 시점에는 자료가 없어서 헤매는 경우가 생긴다는 것을 알아야 한다.

또 다시 구입함으로써 비용의 낭비를 초래하고 처음부터 무에서 유를 창조해야 하는 망막한 상황에 이르게 된다. 그러므로 그런 상황을 미리 생각해서 미래에 필요한 것에 대해서는 미리 준비를 해두어야 한다. 그것도 조용조용히 해야 한다. 자기가 혜안이 있어서 준비를 해야 한다고 떠들어 대는 사람도 있는데, 그것은 좋은 자세가 아니다.

일반적으로 직장에서 일반 직원들은 그 해당하는 업무를 계속하면서 그 조직에 오래도록 건재하게 지낼 수 있는 반면, 조직의 상사는 일정 기간이 지나면 다른 곳으로 발령을 받아 이동을 해야 한다. 그렇게 볼 때, 조직의 주인은 일반 실무 직원이다. 자기가 오래도록 근무해야 하는 일터는 자기 손으로 가꾸어야 한다. 그런데 많은 직원들이 상사와 리더가 주인이라는 생각으로 일을 한다. 그래서 주인 의식보다는 주인을 의식하면서 직장 생활을 피동적으로 하는 사람들이 많이 있다.

상사와 원활하게 소통하기 위해서는 미래에 우리 조직이 무엇을 하면서 먹고 살아야 하는가를 생각하면서 생활해야 한다. 또 발은 현재의 위치를 밟고서 현실에 최선을 다하고 있지만, 눈은 희망차고 더욱더 활기찬 미래를 향해 있어야 한다. 그래야 상사와 미래를 생각하면서 보다 희망적이고 발전적인 이야기를 나눌 수 있다.

상사를 생각하는 마음을 가지고 있는 사람이 상사가 제일 소통하고 싶어 하는 사람이다. 조직 생활을 하든 일상생활을 하든 자기 마음을 알아주는 사람이 곁에 한 사람만 있어도 그 사람은 참으로 행복한 사람이 아닐 수 없다. 조직을 이끌어 가는 입장에서는 늘 그런 사람이 필요하다. 따라서 상사의 미래를 걱정하는 유방의 참모인 소하처럼 상사의 미래 청사진이 현실로 이루어지도록 음양으로 지원을 아끼지 않는 직원이 되어야 한다. 그런 직원이 상사와 원활하게 소통하는 직원이다.

통한만큼 친해지는
통친력

상사의 기분을 고려하여
보고하라

  앞서 설명했듯이 상사와 원활하게 소통하는 관계가 되기 위한 방법 중 가장 좋은 방법은 상사에게 무조건 보고하는 것이다. 보고는 상사와 소통의 문을 여는 통로다. 상사가 불러서 가는 것이 회의라면, 보고는 자율적이고 능동적으로 상사에게 찾아가는 여정이다.

  이때 주의할 점은 상사의 기분을 잘 파악한 후, 상사의 감정 상태가 비교적 좋은 상태에서 보고를 해야 한다는 것이다. 특히 좋지 않는 일이나 상사에게 꾸지람을 받을 수 있는 보고는 가급적이면 상사가 기분이 좋을 때 보고해야 한다. 그렇지 않고 상사가 화가 나 있는 상태인데 설상가상(雪上加霜)으로 상사에게 좋지 않은 사항을 보고하는 것은 불난 집에 부채질을 하는 형국으로, 상사의 감정 상태를 더욱 나쁘게 하는 것이라고 볼 수 있다.

  그러므로 항상 상사의 기분 상태를 감안해서 보고해야 한다. 상사가 기분 좋은 상태에서 보고를 하고, 만일 상사의 기분이 좋지 않은 상태에서는 상사에게 희망과 용기를 줄 수 있는 보고를 해야 한다.

상사가 기분이 좋지 않을 때에는 급한 일이 아니라면 가급적이면 좋지 않은 일은 보고하지 않는 것이 좋다. 물론 허위보고를 하거나 감추라는 것이 아니다. 상사에게 보고를 하되, 상사의 기분을 봐 가면서 그 수위에 맞게 보고를 해야 한다는 뜻이다.

그러기 위해서는 상사에게 현재 무슨 일이 있는지, 상사의 기분은 어떤 기분 상태에 있는지를 알고 있어야 한다. 자기의 기분도 좋고 상사의 기분도 좋은 상태에서 보고하는 것이 가장 이상적인 보고의 타이밍이다. 또한 상사의 감정 상태도 중요하지만, 상사에게 시간적인 여유가 있을 때 해야 한다. 아울러 그 보고에 대한 내용이 상사가 필요로 하는 시점에 타이밍을 잘 맞춰서 보고를 하는 것도 필요하다. 단순히 보고서를 잘 작성했다고 해서 상사에게 보고를 잘한 것이 아니라는 사실을 알아야 한다.

보고를 통해서 부하를 양성하려는 상사도 있다. 부하가 보고서를 작성하는 과정에서 스스로 학습하는 동안 실력을 쌓게 하고, 실제로 보고하고 피드백을 하는 과정에서 상사가 부하에게 코칭을 하면

통할만큼 친해지는
통친력

서 부하를 가르치는 방식으로 부하를 인재로 양성하는 것이다. 실제로 보고를 하다 보면 많은 생각을 하게 되고, 보고에 필요한 자료를 준비하고 학습하는 과정에서 배우고 익히는 시간을 많이 갖게 된다.

한편으로는 상사가 그 해당 업무에 대해서 모르고 있을 때, 그 업무에 대해 알아보기 위해서 부하에게 그 일에 대해 상세하게 보고할 것을 지시하는 경우도 있다. 상사가 부하로부터 업무 보고를 받는 과정에서 학습하고, 추가적인 질문을 통해 모르는 것을 더 배우는 것이다. 그것이 바로 상사가 부하에게 배우는 방식임을 알아야 한다.

조직에 대한 것은
무조건 보고하라

상사와 원활하게 소통하기 위해서는 직장 내에서 벌어지는 사소한 것이나 하찮은 것이라도 상사에게 모두 보고해야 한다. '설마 상사의 입장에서 이런 사소한 것도 알아야 하는가?' 혹은 '상사의 위치가 어떤 위치인데, 이런 미천한 정보도 상사에게 말을 해야 하는가?'라는 생각을 할 수도 있다. 하지만 그것은 상사의 마음을 잘 모르는 사람들의 이야기다.

상사는 조직에 관한 것이라면 크고 작음에 상관없이 모든 것을 알려고 한다는 것을 알아야 한다. 그러므로 사소한 업무가 변경되었다든지 혹은 조직원들의 신상에 이상한 것이 있다든지 등 조직 안에서 이뤄지는 인적·물적인 모든 변경 사항에 대해서 항상 상사에게 보고해야 한다.

물론 상사가 공적인 일과 조직의 대표적인 일로 인하여 바쁜 것은 사실이다. 그렇지만 상사는 그 사소하고 작은 것의 변화에서 향후 어떤 일이 일어날 것인가를 예상하기 때문에 작은 것이라도 조직의 일이라면 알려고 한다. 그래서 그러한 사소한 징후를 보고 발생될 수 있는 대형 사고를 미연에 방지하기 위한 특별한 조치를 취한다는 것을 알아야 한다.

나비 효과라는 말이 말해 주듯 아주 사소한 것들이 미래에 큰 향방을 결정하는 크나큰 위기를 가져올 수도 있다는 것을 아는 사람이 바로 상사다. 그러므로 부하 직원의 입장에서는 조직에서 벌어지는 아주 사소하고 미미한 것이라도 상사에게 보고하는 것이 바람직하다.

잡담도 능력이라는 말이 있는데, 상사와 친하다면 별도로 보고 자리를 마련하지 않아도 차를 마시거나 휴식시간에 조직 안에서 이뤄지고 있는 일에 대해서 가볍게 이야기를 하는 정도가 되어야 한다. 그것이 상사와 좋은 소통을 이어 가는 길이다. 상사가 알아서 부하 직원에게 소통의 기회를 주기만을 기다리는 것은 소극적인 소통인의 자세이다. 업무적으로 중요하고 무거운 이야기를 하는 것보다는 날씨와 세상 돌아가는 신변잡기에 대한 이야기를 하는 것도 상사와 소통을 적극적이고 능동적으로 이어 가는 좋은 자세라고 볼 수 있다.

상사와 이야기를 할 수 있는 건수가 생겼을 때, 무조건 상사에게 이야기를 하다 보면, 아무것도 아닌 것이 상사와 새로운 소통의 문을 여는 기회가 되기도 한다. 또 자기는 사소한 것이라고 말을 했는데 상사의 입장에서는 아주 중요한 정보가 될 수도 있다는 측면에서, 상사에게는 크든 작든 정보라고 생각되는 것은 무조건 전하는 것이 좋다. 상사의 입장에서는 조직 안에서 일어나는 모든 일은 매우 소중하고 중요한 일이라는 사실을 명심하자.

직장인 팔로워십 II

통한만큼 친해지는

통친력

3.

정보情報로
소통하라

상사의 비밀을 지키는
파수꾼이 되어라

　상사와 원활하게 소통하기 위해서는 입에 지퍼를 달아야 한다. 통상적으로 상사와 소통을 하려면 상사와 대화를 많이 해야 하는데, 입을 다물라는 말이 다소 의아할 것이다. 여기서 입에 지퍼를 달아야 한다는 말은 상사 앞에서 침묵하고 상사의 말을 그냥 온전히 경청하라는 말로 오해할 수 있다. 물론 그러한 의미도 어느 정도 내포되어 있다. 원활하게 소통한다고 해서 계속 말을 많이 하는 것이 능사는 아니기 때문이다.

　상사와의 좋은 소통은 상사의 말을 귀담아 듣는 경청에서 시작된다. 이에 더하여 상사가 알고 싶어 하는 정보를 알아서 상사에게 제공해야 한다. 또 상사의 성향에 따라 자기가 말을 많이 하기보다는 부하 직원의 이야기를 들으려고 하는 사람도 있다. 그런 상사와 대화를 할 때는 상사의 귀가 가능한 한 즐거울 수 있는 이야기를 많이 하는 것도 상사와 원활하게 소통하는 방법이다.

　이에 더하여 상사와 소통한 내용은 다른 사람에게 발설해서는 안된다. 상사의 말을 경청했다면 그 내용을 마음에 새기되, 다른 사람

통한만큼 친해지는
통친력

에게 옮기지 말라는 것이다. 어떤 직원은 상사와 독대를 하거나 상사와 함께 식사를 했다는 등 상사와 함께했던 것을 유난히 강조하면서 상사와 그 자리에서 했던 이야기를 과대 포장해서 마치 자기가 상사와 무척 친하며 다른 사람보다 상사가 자기를 특별히 총애하고 있다는 것을 알리려는 사람도 있다. 이런 사람이 상사를 이용해서 자기를 과시하고 후광효과로 상사를 활용하는 대표적인 사람이다.

하지만 상사는 그런 부하를 제일 싫어한다. 상사는 조직관리를 함에 있어서 모든 사람을 평등하게 대우하려고 애쓴다. 그러면서도 뒤에서는 특정한 사람과 긴밀한 공조 체계를 구축하기 위해 전략적으로 접근해서 부하 직원 한 사람 한 사람을 자기편으로 만드는 작업을 한다. 다른 사람들이 보면 결코 상사와 특정한 사람이 특정한 관계선상에 있다는 것을 모르게 암암리에 관계를 나눈다. 그리고 공식적으로 공개석상에서는 결코 차별하지 않는다.

그런데 그런 상사와 단둘이 저녁을 먹었다는 등 특별한 관계를 형성하고 있다고 남에게 자랑하는 것은 다른 사람의 시기와 질투를 불러와 조직원들의 단결력이 느슨해지는 원인이 되기도 한다. 그래서 상사는 그렇게 말하는 직원을 제일 싫어하는 것이다. 상사는 다른 부하 직원들 개개인이 자기에게 충성할 수 있도록 혹은 일에 대한 의욕을 가질 수 있도록 동기를 부여한다. 그래서 전체적으로 편애 없이 골고루 애정을 표현하면서도 전략으로 일대일로 당신하고만 특별한 관계를 가지고 있다는 것을 느낄 수 있도록 직원들을 대한다.

"당신은 우리 조직에서는 매우 중요한 사람이며, 당신이 없으면 우리 조직은 잘 돌아가지 않는다. 당신은 우리 조직에서 정말로 필요한 사람이다."

"당신은 우리 조직의 보배다. 당신이 우리 조직에 몸담고 있다는 것이 참으로 자랑스럽다."

"나는 누구보다 당신을 믿는다. 당신에게 모든 것을 전폭적으로 위임하니, 당신이 모든 것을 알아서 잘해 줄 것이라고 믿는다."

이렇듯 상사는 자기를 알아주는 상사에게 충성을 다할 수 있도록 대인 관계 기술을 구사한다는 점을 알아야 한다. 그래서 제일 늦게 면담하는 사람에게는 최종적으로 자기가 의사결정을 하는 데 중요한 정보를 주는 사람이기에 제일 나중에 면담한다고 말하고, 제일 처음에 면담하는 사람에게는 제일 중요한 사람이기에 제일 처음에 면담한다고 말한다.

그러므로 상사와 자기와의 관계를 다른 사람에게 알리려고 하지 말고, 그냥 조용히 있어야 한다. 아울러 상사와 나눈 대화를 결코 다른 사람에게 옮기지 말아야 한다. 특히 다른 사람에게 말을 해서는 안 되는 보안이 담겨 있는 이야기를 말하는 부하 직원과는 결코 두 번 다시는 이야기하려고 하지 않는다는 점을 명심해야 한다.

또 상사와 대화하는 과정에서 다른 사람과 비밀을 지키기로 약속했던 이야기를 해서는 안 된다. 상사는 좋은 정보를 말해 주었기 때문에 좋아할 것이지만, 그와 함께 저렇게 신의도 없이 다른 사람들의 비밀을 이야기하는 입이 가벼운 사람이라면 자기 개인의 명예는 물론 조직의 이미지가 심각하게 훼손될 것이라고 생각할 것이다. 그래서 그런 부하와는 상사 역시 사적으로 둘이서 대화하는 것을 피한다. 그러므로 상사가 말한 것을 비밀로 해야 하고, 다른 사람과 비밀로 하기로 했던 것도 준수해야 한다.

　간에 붙었다 쓸개에 붙었다 하는 사람, 코에 걸면 코걸이가 되고 귀에 걸면 귀걸이가 되는 사람, 자기 이익을 위해서 부화뇌동하는 사람을 상사는 제일 경멸하고 싫어한다. 그런 사람과는 그동안 긴밀한 공조 체계 속에서 아무리 친밀하게 원활한 소통을 해 왔더라도 결국은 그것 하나로 인해 이후에는 평생 불통의 관계가 된다는 것을 명심해야 한다.

　상사는 늘 소통하고 싶어 한다. 언제나 부하 직원과 허심탄회하게 격의 없는 대화를 나누고 싶어 한다. 하지만 입이 가볍고 남의 말을 다른 사람에게 옮기고 거짓 정보를 흘리고 악성 루머를 퍼뜨려 조직의 불안을 가져오고 혹세무민하는 부하 직원을 가장 싫어한다. 사과 상자에 아무리 싱싱한 사과가 담겨 있어도 그중 하나의 사과가 썩어 있으면 그로 인해 다른 싱싱한 사과가 모두 썩게 될 것임을 알기에 상사는 더욱더 그런 사람들을 특별히 경계한다는 사실을 명심해야 한다.

상사와 소통하는 것도
전략이 필요하다

상사와 소통을 하는데도 전략이 필요하다. '어떻게 해야 좋은 소통을 할 수 있을까?', '어떻게 해야 상사와 원활하게 소통할 수 있을까?'에 대한 해답이 바로 상사와 소통을 하기 위한 전략이라고 볼 수 있다.

손자는 『손자병법』에서 좋은 전략을 실행하기 위해서는 타이밍이 우선 잘 맞아야 하고 스피드가 중요하다고 말한다. 즉, 상대방이 예상하지 못하는 시간에 상대방이 준비되어 있지 않는 곳으로 공격하며, 행동으로 옮길 때는 속도가 매우 중요하다는 것이다. 이처럼 전략을 세울 때는 상대방이 예측하지 못하게 해야 하는 것에 골자가 있다.

마찬가지로 상사와 원활하게 소통하기 위해서는 상사가 예측하지 못하는 주제로 상사가 전혀 준비되어 있지 않은 상황에 접근하되, 상사가 예측하지 못하는 생각의 속도로 상사를 즐겁게 해야 한다.

본래 '전략'은 전쟁 용어다. 하지만 여기서 말하는 전략은 상사를

통한만큼 친해지는
통친력

이기기 위한 것에 목적이 있는 것이 아니라, 자기가 원하는 목적을 달성하는 데 초점을 맞춰야 한다. 상사는 늘 부하 직원과 대화를 하고 싶어 한다는 전제를 바탕에 깔고, 가급적이면 상사와 대화를 하려고 시도하되 상사에게 신선한 정보를 제공해야 하고 상사가 원하는 시점에 원하는 정보를 제공해야 한다는 것에 전략적인 묘미가 있다고 볼 수 있다. 상사와 전쟁을 하는 것이 아니라, 상사와 상호 승승의 포인트를 잡아서 상사에게 만족을 주어야 하는 것이 매우 중요하다.

그러므로 상사와 대화를 할 때는 미리 어떤 이야기를 어떻게 해야 할 것이며, 상사의 대답에 어떻게 대답하고 또 만약의 경우에 상사가 소통을 하기 싫어하는 경우에는 자기가 어떻게 대응할 것인가에 대해서 미리 시뮬레이션을 한 후 대화에 임해야 한다. 그렇지 않고 상사가 하기에 따라 임기응변으로 일관한다면, 결국은 상사에게 이끌려 정작 본인이 상사에게 하고 싶은 말을 하지 못하고 대화를 마치는 경우가 생길 수도 있음을 알아야 한다.

상사는 항상 좋은 대화를 하기를 원한다. 또 이왕 하는 대화라면 서로에게 보탬이 되는 정보를 주고받기를 원한다. 그러므로 상사와 소통할 때는 항상 상사에게도 이익을 주고 자기도 이익을 얻는 승승 포인트를 잡아서 상호 관심사에 대해서 이야기하는 것이 바람직하다. 그러기 위해서는 평소에 상사가 어떤 분야에 관심을 가지고 있으며, 상사가 무슨 정보를 얻고자 하는가를 유심히 관찰해서 이에 대한 포인트를 발견해야 한다. 그래서 상사가 원하는 시점에 그러한 유익한 정보를 제공해야 한다.

그렇지 않고 아무 생각 없이 상사에게 친근하게 보이고 상사가 질문하는 것에 진실을 다해서 답변할 것이라는 생각으로는 좋은 소통을 할 수 없다. 상사와 소통을 하다 보면 자기가 전혀 생각하지 못했던 변수들이 생기게 되기 때문이다.

　즉, 아무 생각 없이 상사에게 잘 대답하고 그냥 상사와 막연하게 원활한 소통을 하겠다고 생각하는 것은 상사와의 관계를 증진하는 데 아무런 도움이 되지 않는다. 다시 말해서, 상사와 원활한 소통을 하기 위해서는 어느 정도 적정한 기간을 가지고 상사와 원활한 소통 관계를 형성하기 위한 전략을 가지고 있어야 한다. 그래서 전략에 준하여 단계별 활동 전략을 전개해야 한다.

　첫째, 상사를 제대로 아는 단계가 필요하다. 상사가 무엇을 좋아하고 무엇을 싫어하는지, 어떤 사람에게 호감을 느끼며 어떤 것에 민감하고 어떤 것에 아킬레스건을 가지고 있는지, 또 그간에 다른 사람과 어떻게 소통을 해왔고 어떤 시점에서 상사가 소통의 필요성을 느끼는지 등 상사에 대해서 먼저 알아야 한다.

　두 번째 단계에서는 상사에게 자기를 알려야 한다. 자기가 어떤 사람이고 어떠한 성향을 가지고 있으며, 자기는 상사에게 어떤 점에서 도움이 되는지, 또 자기가 가진 재능은 무엇이며 자기가 어떤 생각을 가지고 직장 생활을 하고 있고 상사에 대해서는 어떤 생각을 가지고 있는지를 상사에게 알리는 단계를 거쳐야 한다. 이때에는 자신이 긍정적이고 열정적이며 창조적이라는 점, 그리고 상사에 대해

통한만큼 친해지는
통친력

서 호감을 많이 가지고 있고 상사를 존경하며 상사를 직장 생활의 롤 모델로 삼고 있다는 점을 알려야 한다.

세 번째 단계는 상사에게 예의 바른 태도를 보이는 것이다. 상사에 대해서 알고 자기를 상사에게 충분히 알린 연후에 상사를 찾아가 소통하기 위한 접근을 시도하되, 바른 자세와 밝은 표정, 그리고 예의 바르고 올바른 태도로 상사에게 접촉해야 한다.

넷째, 상사와 대화를 하되 긍정적인 자세로 적극적으로 맥락적 경청을 하면서 상사가 의심 없이 편안하게 대화할 수 있도록 커뮤니케이션 스킬을 이용하여 대화해야 한다. 즉, 상사가 어떠한 경우에든 화를 내지 않고 편안한 마음자세로 대화를 나눌 수 있도록 커뮤니케이션 대화 스킬 중 페이싱(pacing) 기법, 미러링(Mirroring) 기법, 1-2-3 기법, 맞장구 기법, 의미부여기법 등의 커뮤니케이션 대화 스킬을 구사할 줄 알아야 한다. 그래야 그로 인해 좋은 대화를 할 수 있다. 상대방과 대화를 하는데도 일정한 기법이 있다.

그냥 말을 주고받는 것이 좋은 소통이 아니다. 상사와 주고받는 말 속에는 단순히 사실적 지식과 정보가 아니라, 사랑과 정성과 진실과 의욕과 희망이 담겨 있어야 한다. 그러기 위해서는 상사와 대화를 할 때 상사가 불편해하지 않도록 해야 하고, 경청 기법과 말하는 기법 그리고 예의 바르게 상대방을 배려하는 대화 스킬 등을 익혀서 그에 따라 상사와 대화해야 한다.

다섯째, 상사와 대화한 내용을 기록한 메모를 보면서 대화 중 자기가 무슨 실수를 한 것은 아닌지 혹은 상사가 대화 중에 어떤 의중을 표현했으며 상사는 어떤 단어를 주로 사용하는지에 대해서 복기해야 한다. 그래서 지시 사항은 신속하게 처리해서 보고하고, 지시 사항 중 해결이 어렵고 시일이 오래 걸리는 것이 있다면 그 이유를 상사에게 명확하게 보고해야 한다.

여섯째는 상사와 다시금 자리를 함께할 자리를 잡아야 한다. 만일 회의를 했다면 다음에 다시금 회의해야 할 시점을 잡아야 하고, 보고를 했다면 다음에 후속 보고 사항으로 추가 보고를 어떤 시점에 하겠다는 일정을 잡아야 한다. 원활한 소통이라는 것은 일순간 한 번에 두텁게 쌓이는 것이 아니라, 시나브로 두텁게 쌓이는 것이다.

'눈에서 멀어지면 마음에서 멀어진다.'는 말이 있다. 상사와 원활한 소통을 하기 위해서는 가능한 자주 접촉하고 자주 대화를 해야 한다. 그래서 상사와 정(情)이 들어야 한다. 정이 들면 나중에 그 정 때문에 서로가 헤어지지 못하는 상황이 도래하기 때문이다. 그러므로 상사와 정을 쌓는 데 주력해야 한다.

물론 상사를 자주 보면 때로는 상사에게 질타를 받아 자존심이 상하는 일도 발생한다. 그럼에도 불구하고 상사와 자주 대화를 해야 한다. 권투 선수가 계속 주먹을 맞으면서 맷집을 키우듯이 상사에게 계속해서 꾸중과 질책을 들으면서 상사에게 적합한 부하로 자기를 단련해야 한다. 그러다 보면 상사의 성향도 알게 되고, 자기도 모르는 사이에 상사에게 적합한 사람으로 서서히 만들어진다.

서로 자주 부딪히고 마찰이 심하면 처음에는 힘들고 괴롭지만, 어느 정도 시간이 지나고 나면 그 마찰로 인하여 닳고 닳아서 매끄럽고 부드럽게 된다는 것을 알아야 한다. 마치 조약돌이 파도에 의해서 매끄럽게 되듯이 말이다.

마지막으로, 새로움을 주어야 한다. 조직을 관리하는 리더나 기업을 경영하는 경영자들이 가장 싫어하는 것은 고정관념에 빠져 동일한 것을 반복하는 것이다. 사람은 기본적으로 생존과 번식의 욕구가 있다. 그런 점에서 볼 때, 상사가 부하 직원과 함께 조직을 관리하면서 주안점을 두어야 하는 것은 바로 성장이다. 그래서 상사는 조직의 성장에 밑거름이 되는 새로운 아이디어와 창조적인 방안을 가지고 있는 부하 직원을 좋아한다.

또 사람들은 본능적으로 매일 똑같은 것을 반복하는 것을 가장 지겨워한다. 예측 가능한 경기, 이미 끝나서 결과를 알아 버린 축구 경기에 긴장하고 스릴을 느끼는 사람은 드물다. 뭔가 희망적이고 돌발적 반전이 있을 것 같은 일에 우리는 스릴과 흥미진진함을 느낀다.

그런 점에 착안하여 창조적이고 혁신적이며 새로운 변화를 줄 수 있는 아이디어를 가지고 상사와 대화해야 한다. 그렇지 않으면 상사도 지겨워할 것이다. 매일 그 나물이 그 나물이고 그 반찬이 그 반찬인데 그것을 계속해서 먹는 것을 좋아할 사람은 없다. 상사도 마찬가지다.

이와 같이 상사와 더 나은 관계를 형성하기 위해 어떻게 해야 하는가에 대한 생각을 하는 것 자체가 전략이다. 별다른 전략도 없이 그저 '진심으로 상사를 보필한다는 마음으로 정성을 다해서 상사와 관계를 하다 보면 상사가 충분히 자기의 마음을 알아주겠지.'라는 안일한 생각은 버려야 한다.

상사는 항상 조직을 생각하고 조직원들 모두를 평등하게 대한다. 그러므로 상사의 시선을 집중시키고 다른 곳으로 향하는 마음의 관심을 자기에게로 가져올 수 있도록 자기만의 전략이 있어야 한다. 당신이 아무 생각 없이 상사를 대할 때, 다른 사람들은 이미 전략을 가지고서 오랜 기간 친밀하게 상사와 교류하고 관계를 유지해 왔다는 것을 명심해야 한다.

단, 단기간에 상사의 마음을 사로잡으려고 너무 무리하지 말고, 평상시 자기에게 주어진 일에 열정을 다해 최고의 성과를 내는 것이 1차적으로 이루어져야 한다. 아울러 그 기반 위에 앞서 말한 7단계 전략을 활용한 자기만의 전략을 수립해야 한다. 기본이 되어 있지 않는 상태에서 상사와 원활한 소통을 하려고 애쓰는 것은 오히려 가장 기본적인 것도 갖추지 않은 사람이 너무 오만하고 무례하게 행동한다는 핀잔을 받을 수 있으므로 주의해야 한다.

통할만큼 친해지는
통친력

리더십에 대해서
공부하라

상사와 원활하게 소통하기 위해서는 조직을 이끄는 리더십에 대한 기본 지식을 알고 있어야 한다. 그래야 조직에서 원하는 조직원으로서 상사와 원활하게 소통할 수 있고, 리더를 따르는 부하로서 상사에게 좋은 부하가 되어 상사와 원활한 소통을 할 수 있다.

조직은 두 사람 이상이 모여 공동으로 추구하는 목표를 달성하기 위해 조직적 · 체계적으로 역할과 책임을 분담하여 조직의 비전과 성과에 기여하는 집단이다. 즉, 조직은 조직원들이 상호 힘을 합쳐 조직의 목표를 달성하는 곳이다. 비도덕적이고 불법적으로 목표를 달성하는 것이 아니라, 정당하고 적법하게 목표를 달성하는 곳이 조직이다. 그래서 조직은 조직원들을 조직이 원하는 방향으로 이끌어가도록 리더를 선정한다. 즉, 상사가 조직의 리더가 되어 조직이 원하는 목표를 달성할 수 있도록 조직원들을 이끈다.

그러한 과정에서 조직에서 원하는 방침에 조직원들이 따르도록 하기 위해 상사가 부하들과 서로 소통한다. 조직의 경영 방침과 실행 전략 그리고 실행 전술을 조직원들에게 전달하고, 조직원들이 그 방침과 전략과 전술에 따라 주어진 역할과 책임을 다하도록 독려하고 감시하고 때로는 지시와 통제를 하는 사람이 상사다. 그래서 상사와 원활하게 소통하는 것은 조직을 제대로 아는 것이라고 할 수 있다. 또, 조직에서 원하는 역할과 책임을 잘 수행하기 위해서는 상사의 지시와 통제에 잘 따르고 상사와 자주 원활하게 소통해서 그 방침과 전략과 전술을 제대로 알고 올바르게 행해야 한다.

조직 생활을 잘한다는 것은 리더는 리더로서 또 부하는 부하로서 자기에게 주어진 역할과 책임을 잘 수행하는 것을 말한다. 이때 가장 중요한 것은 서로 합심해서 조직에서 원하는 공동의 목표를 달성해야 한다는 것이다. 제아무리 좋은 조직 분위기를 가지고 있어도 조직의 목표를 달성하지 않으면, 그 조직은 오래도록 생명력을 유지할 수 없다.

물론 성과가 다는 아니다. 하지만 조직이 결성된 본질적인 목적은 조직에서 추구하는 목표, 즉 기업의 이익을 창출하는 것이다. 그래서 리더들이 이러한 조직의 목표 달성을 위해 헌신적으로 열정을 다하고 부하 직원들을 독려한다.

리더십의 대가인 존 맥스웰 박사는 "리더십이란 리더가 힘을 발휘하여 조직의 목표를 달성하도록 부하 직원들을 이끄는 힘"이라고 말했다. 또 '리더가 힘을 발휘하여 목표를 달성하는 힘'을 한마디로 '영향력(Influence)'이라고 말한다. 즉, 리더가 조직원들에게 긍정적이든 부정적이든 좋은 말이든 나쁜 말이든 어떤 영향력을 발휘해서 부하들이 조직이 추구하는 목표를 달성하도록 부하 직원들을 이끄는 힘이 리더십이다.

　그래서 리더는 다른 조직원들이 믿고 따를 수 있을 정도의 지위와 권한과 전문성과 성품을 지녀야 한다. 리더는 조직에서 부여한 공식적인 지위가 있어야 하고, 리더 스스로 다른 사람에게 인정받고 존경받을 정도의 성품을 지녀야 한다. 또한 그 분야에 대해서 전문성을 지니고 있어야 하고, 무지의 부하 직원들을 유식한 사람으로 만들어 조직이 원하는 목표를 달성하도록 해야 한다.

　이러한 조직과 리더십의 기초적인 지식을 알아야 상사를 이해할 수 있다. 그렇지 않고 조직과 리더십의 속성을 모른 채 상사를 대하면, 상사는 딴 나라에서 온 사람과 대화하는 것과 같은 생각을 하게 된다. 상사는 목표를 달성하는 차원을 이야기하는데 부하는 단순히 조직 분위기만을 이야기한다거나, 상사는 조직원들을 조직이 달성하고자 하는 목표의 발원지로 이끌려고 하는데 부하는 자기가 가고 싶은 곳으로 가려고 하는 등 동상이몽의 관계가 될 확률이 높다. 그러므로 부하는 상사를 이해하고 상사와 원활한 소통을 이어 가기에 앞서 조직과 리더십에 대해서 학습해야 한다.

　상사와 부하의 관계를 이어 간다는 것은 상호 조직의 위계질서를 유지하고 조직의 생명력을 이어 가는 것이라고 볼 수 있다. 즉, 상사와 부하의 사슬은 조직의 피가 흐르는 혈맥과도 같다. 그러므로 조직 생활을 잘한다는 것은 조직의 목표 달성에 기여하고 상사의 지침과 지시에 잘 따르는 것을 의미하는 것이기도 하다.

　조직과 리더십의 속성에 대해 알고 있으면 본래 상사는 좋은 사람인데 왜 그토록 악랄하게 행동하고 부하에게 스트레스를 주는지를 알게 된다. 즉, 상사 또한 조직의 리더로서 책임과 역할이 있기 때문에 본의 아니게 부하 직원들에게 그렇게 행동하고 때로는 상식에서 벗어나 무리수를 두기도 한다는 사실을 이해하게 된다.

그러므로 상사와 소통할 때는 조직의 목표를 염두에 두고 대화를 해야 한다. 그러면 상사의 입장에서는 부하가 자기 마음을 잘 헤아려 준다고 생각한다. 아울러 부하 직원의 입장에서도 상사가 어떤 의도에서 그런 말을 하는지를 알기 때문에 원활하게 소통할 수 있다.

그렇다고 해서 상사와 이야기할 때 '조직을 위해서' 혹은 '조직의 목표 달성을 위해서'라는 말은 가급적이면 하지 않는 것이 좋다. 그것은 조직 관리의 수장인 상사의 고유 권한이기 때문이다. 부하 직원은 부하 직원이 해야 하는 일에 중점을 두면 된다. 권력 욕구가 있는 상사의 영역을 침범하거나 상사가 갖는 고유의 권한을 넘어서지 말아야 한다.

통한만큼 친해지는
통친력

상사와 신앙생활을
함께하라

    상사와 가장 친하게 지낼 수 있는 것은 업무 외적으로 친분을 쌓는 것이다. 골프나 산행, 그리고 여행 등 업무 외적인 활동을 상사와 함께 하면서 신뢰와 정분을 쌓아야 한다. 그중에서 일과 외에 상사와 함께하면서 원활하게 소통할 수 있는 가장 좋은 방법은 상사와 신앙생활을 함께하는 것이다. 상사와 신앙생활을 하다 보면 부부간에 함께하는 자리가 많아지고, 상사와 함께 거룩한 성전에서 기도하고 영혼을 맑게 하는 자리를 마련할 수 있다는 점에서 좋은 관계를 형성하는 데 유리하다.

    신앙생활은 무엇보다 영적으로 함께 관계를 나눌 수 있다는 점에서 서로 영원한 관계를 이어 갈 수 있으며, 서로에게 겸손한 자세로 교류하는 관계를 형성할 수 있다. 신앙생활을 하는 사람들은 공통적으로 십계명 등 신앙인으로서는 하지 말아야 하는 계율에 따라 생활하기에 서로에게 함부로 대하지 않는다. 설령 본심이 아닐지라도 신앙생활을 하는 동안은 공동체 의식을 가지고 사랑과 배려와 겸손한 마음으로 서로를 대하려고 한다.

특히 부부간에 신앙생활을 하면서 봉사하는 모습은 아름다워 보인다. 그러한 모습을 상사도 보고 부하도 본다. 그래서 직장 상사로서의 마음도 있지만, 한편으로는 영적으로 가족의식을 갖게 된다. 그래서 서로가 더 가까워지는 것이다.

사실 상사의 입장에서는 자기 주변에 온전히 자기를 위해 주는 자기편이 있기를 원한다. 또 특권층만이 누리는 생활보다 평범하게 부부 동반해서 아주 특별한 시간을 보내고 싶어 한다. 그런 마음이 있는 상사이기에 부하라면 능히 상사와 신앙생활을 함께하려고 해야 한다.

그런데 상사가 신앙생활을 권유해도 업무 외적으로는 상사와 관계하지 않으려는 사람들이 많다. 하지만 상사가 말하지 않아도 주변의 정보를 통해서 상사가 신앙생활을 어디에서 하는지 알아보고, 그 성전을 찾아가 자발적으로 신앙생활을 하는 것이 상사와 좋은 관계를 형성하는 길이다.

신앙생활을 우선으로 하는 사람일수록 신앙의 중요성과 그 소중함을 더 느낄 것이다. 만약의 경우에 상사가 신앙심이 깊다면, 직장에서 상사와 부하로서의 관계보다 신앙생활을 하는 공동체의 일원으로서의 신분을 더 귀하게 생각할 것이다. 그러므로 신앙심이 깊은 상사일수록 함께 공동체를 구성하여 신앙생활을 해야 한다. 아울러 그 공동체 안에서도 상사를 챙기고 상사와 신앙에 대한 이야기를 하면서 상사와 소통하고 영적인 교감을 나눠야 한다.

물론 업무 외적으로 형성되는 신앙생활과 회사 업무적인 사항은 구분을 명확하게 해야 한다. 즉, 회사 생활을 하면서는 상사를 대함에 있어 신앙생활에 관한 그 어떤 말도 하지 말아야 한다. 상사가 물어 오고 상사가 궁금해하는 경우에 말을 해 주는 것은 괜찮으나 업무를 하면서 신앙생활에 대한 내용을 자기가 먼저 언급하지 않는 것이 좋다.

또 자기가 신앙생활을 상사와 함께한다는 사실을 다른 사람들에게 알릴 필요도 없다. 스스로 말하지 않아도 다른 사람들이 그에 대한 소식을 너무도 잘 안다는 사실을 알아야 한다. 그러므로 신앙생활을 빙자해서 상사와 소통하려고 일부러 그런다는 오해를 사지 않도록 침묵 속에서 겸손한 마음으로 조직 생활을 하는 것이 바람직하다.

상사와 취미 생활을
함께하라

　업무 내적으로 상사와 소통하기 어렵다면 업무 외적인 공간에서 상사와 소통할 수 있는 기회를 많이 활용해야 한다. 상사와 원활하게 소통하기 위해서는 시간과 공간을 상사와 함께해야 한다. 즉, 상사와 같은 공간에서 함께하는 시간이 많아야 한다.

　이처럼 시간과 공간을 모두 확보하려면 상사와 같은 취미 생활을 하는 것이 좋다. 그래서 사업하는 사람들은 비즈니스 관계를 형성하기 위해서 골프를 치거나 등산을 하거나 사우나를 하기도 한다. 함께 좋아하는 취미 생활을 하는 가운데 기분 좋은 마음으로 대화를 나누는 것이다.

　그러므로 상사와 가까워지려는 생각을 가졌다면, 제일 우선적으로 상사와 동일한 취미를 가지려고 해야 한다. 또 상사와 취미 생활을 함에 있어서 상사에게 좋은 파트너가 될 수 있도록 어느 정도 실력을 겸비해야 한다. 상사가 당구를 좋아하면 상사와 당구 게임을 하기 위해 상사의 상대가 되는 당구 실력을 겸비해야 한다. 또한 상사가 골프를 즐겨 한다면, 상사와 함께 필드에 나가서 내기 골프를 칠 수 있을 정도의 수준에 이르도록 실력을 갖추어야 한다. 그런 생각을 가진 사람이 상사와 진정한 소통을 할 수 있는 사람이다.

회식을 하고 노래방에서 노래를 부르면서 술기운에 나누는 소통보다는 건전한 취미 생활을 하면서 관계를 돈독히 하는 것이 더 오래도록 기억에 남고, 질적으로도 우수한 소통을 할 수 있음을 알아야 한다. 소통을 하는 데도 질이 있기 마련이다. 아무리 양적으로 소통한 것이 많아도 질적으로 좋지 않은 소통은 단지 잡담에 불과할 뿐이다. 그러므로 소통을 할 때는 가능한 취미 생활을 하는 과정에서 소통이 이뤄질 수 있도록 해야 한다.

아울러 취미 생활을 하는 과정에서 형성된 업무 외적인 모임에서도 상사가 어느 정도 나르시시즘을 느낄 수 있도록 상사를 보필해야 한다. 그것이 상사와 좋은 관계를 형성하면서 원활하게 소통하는 원동력이 된다는 점을 명심해야 한다.

역사는
밤에 이루어진다

　모든 역사는 밤에 이루어진다는 말이 있다. 어제 퇴근 직전까지만
해도 서로 잡아먹지 못해 안달이 나고 서로를 비방하던 사람들이 다
음 날 아침에는 형제처럼 돈독한 모습을 보이는 경우가 있다. 언제
둘이서 싸움을 했을까 싶을 정도로 말이다.

　그것은 대부분 전날 밤에 회식을 하면서 그들만의 새로운 역사를
썼기 때문이다. 그러므로 직장 생활을 하면서 일찍 퇴근하는 것이
좋은 것만은 아니다. 상사와 더 친밀한 관계를 형성하기 위해서는
가끔씩 저녁에 회식을 하는 것이 좋다. 특히 상사가 일을 하는 것보
다 관계를 더 중시하고 가정적인 생활보다는 일과 후에 다른 사람들
과 술을 마시고 취미 생활하는 것을 좋아한다면, 그 상사와는 가끔
저녁에 만나서 회식을 하는 것이 좋다.

　물론 회사 생활을 하면서 직장 정치에 대해서 전혀 관심이 없는 사
람은 일과 후에 회식을 하는 것보다는 스스로 자기 개발을 하기 위
해서 일찍 퇴근해서 가족들과 함께하는 시간을 보내려고 한다. 그것
은 가정과 직장 생활의 조화와 균형이라는 측면에서는 좋은 것이라

고 볼 수 있다. 하지만 이왕 하는 직장 생활이라면 상사와 어느 정도 정치적인 관계를 형성하는 것이 좋다.

조직 생활을 하든 직장 생활을 하든 두 사람 이상이 만나면 서로의 알력을 행사하기 위해서 정치적인 관계를 형성하게 된다. 힘을 확보하기 위해서 일명 누구의 라인 혹은 어디 출신 혹은 어디 사단이라고 하는 정치적인 파가 형성된다. 그 정치적인 파에 소속되어야 한다. 그래야 그 비호를 받으며 직장 생활의 안정을 유지할 수 있다.

상사와 원활하게 소통을 하는 데 있어서도 그러한 정치적인 인맥이 어느 정도 형성되어 있어야 한다. 개인의 힘은 약해도 단체의 힘은 강하다. 개인적으로는 아무 일도 할 수 없지만, 단체가 형성되면 그 이름으로 많은 일을 할 수 있다. 이처럼 혼자서 하고 싶은 일이 있어도 여럿이 하는 힘이 없으면 그것마저도 자기의 뜻대로 할 수 없기 때문에 정치를 하려고 한다.

그러므로 상사와 저녁에 회식할 수 있는 기회가 있다면 적극적으로 참여하여 상사의 곁에서 상사를 보필하면서 상사와 친밀감을 형성해야 한다. 아울러 회식 자리에서는 술로 인해서 상사에게 실언을 하거나 무례를 범하지 않도록 주의해야 한다.

아무리 잘하다가도 술로 인하여 문제를 파생시키면 회복할 수 없는 치명상을 입게 된다는 것을 알아야 한다. 그래서 공자는 "주중불어(酒中不語)는 진군자(眞君子)요, 재상분명(財上分明)은 대장부(大丈夫)"라고 말한다. 즉, 술을 마시고도 말을 많이 하지 않는 사람이 군자이고 금전관계를 보다 투명하게 하는 사람이 진짜 대장부라는 말이다.

밤에 쓰이는 역사가 자기에게 새로움을 주는 역사가 되게 하기 위해서는 상사와 수시로 밤 시간을 갖는 것이 좋다. 기분이 좋은 날에는 기분이 좋아서 저녁을 하고, 또 기분이 나쁜 날에는 기분이 나빠서 저녁을 함께하는 것이다. 그렇게 해서라도 상사와 친해져야 한다.

단, 상사와 나눈 대화는 비밀에 부쳐야 하고 상사의 추태나 술을 마시고 실수한 것에 대해서는 과감하게 잊어버리는 등 상사를 지키고 보호해야 하는 의무감도 있음을 명심해야 한다.

상사와 나이에 관련된 이야기를
하지 마라

　직장 생활을 하다 보면 나이순으로 직급이 정해지고 근속 경력에 따라서 직위가 결정되는 경우는 드물다. 학벌에 의해서 그 직위가 결정되는 경우가 대부분이다. 그래서 고졸 생산직으로 입사하면 승진을 하는 데 일정한 한계가 있고, 대졸 신입사원으로 입사를 하면 얼마 있지 않아서 고졸 생산직 사원을 다스릴 수 있는 직책에 보임하게 된다. 그러다 보니 자기가 상사임에도 자기 아버지와 동년배에 달하는 부하 직원이 있는 경우가 많다.

　그러다 보니 부하 직원의 경우에는 자기보다 한창 나이 어린 사람을 상사로 섬겨야 하고, 심지어는 자기 아들보다 나이가 어린 사람을 상사로 모셔야 하는 경우도 생기게 된다.

　하지만 나이는 일상생활이나 혹은 가정에서 중요시할 뿐 직장이나 조직 생활에서는 그 나름의 법과 원칙이 있다. 그래서 조직 생활을 안정되게 유지하기 위해서는 그 법과 원칙에 따라야 한다. 즉, 아무리 나이가 어려도 상사이면 그 사람을 상사로 예우해야 한다는 것이다.

이렇게 나이 많은 사람이 자기보다 훨씬 어린 사람을 상사로 모시고 직장 생활이나 조직 생활을 해야 하는 경우에는 처신을 잘해야 한다. 나이가 어린 상사는 항상 나이에 대한 콤플렉스를 가지고 있어서 '나이'라는 단어에 민감하게 반응하기 마련이다. 그래서 자기보다 나이 많은 부하가 무슨 말을 하면 자기 나이가 어리다고 무시하는 것은 아닌지를 항상 생각한다.

그러므로 나이가 많은 부하 직원은 상사가 혹여 나이로 인해서 어색해하지 않도록 자기가 먼저 낮춰야 한다. 나이가 많은 사람이 참는 형태의 낮춤이 아니라, 진정으로 그 상사가 나이를 잊고 서열이나 권위로 이야기를 할 수 있도록 공과 사를 확실히 하는 자세를 보여야 한다.

나이가 많다는 이유로 오히려 나이 어린 상사의 머리 꼭대기로 올라가려고 하는 것은 조직의 위계질서를 흐트러뜨리는 항명죄에 해당한다고 볼 수 있다. 조선 왕조시대로 말하면 군주의 자리를 넘보는 반역죄에 해당하는 중죄다. 그러므로 나이가 부하와 상사의 관계를 가로막는 장애가 되지 않도록 항상 상사에게 충성스러운 집사다운 모습을 보여야 한다. 즉, 자기가 가진 경륜으로 상사를 이끌고 조언을 하려 고 해서는 안 된다.

자리가 사람을 만든다는 말이 있듯, 사람은 누구나 그 역할과 책임을 부여하면 그 자리에 맞는 사람으로 진화한다. 리더가 되면 리더다운 마음과 리더다운 자세로 리더다운 역할을 하는 리더다운 사람으로 거듭나게 되고, 부하로서의 역할을 부여하면 부하다운 모습

통한만큼 친해지는
통친력

으로 생활하게 된다. 그러므로 자기가 아무리 상사보다 나이가 많다고 해도 나이에 걸맞은 역할과 책임을 다하는 것이 아니라 지위에 맞는 역할과 책임을 다해야 한다.

사람은 환경적인 동물이다. 환경에 따라서 그 생활의 정도를 달리해야 한다. 어떤 환경에서 생활을 하고 있느냐에 따라서 그 사람이 만들어지게 된다. 이런 점에 비추어 볼 때, 직장 생활을 하는 데 있어서 나이는 거추장스러운 것 중 하나다. 조직은 위계질서와 서열에 의해 생활하는 곳이다. 제아무리 재능과 역량이 뛰어나더라도 조직에서 낮은 서열에 있으면 그 서열에 준하는 생활을 해야 하고, 높은 서열에 있으면 그 서열에 맞는 역할을 해야 한다. 결코 나이로 서열을 넘어서려고 하지 말아야 한다. 그것이 오래도록 조직에서 연명할 수 있는 길이다.

나이가 많은 부하로서 나이 어린 상사와 원활하게 소통하기 위해서는 일부러 아는 것도 상사에게 질문해서 알려 달라고 해야 한다. 또 자기의 일에서 생기는 크고 작은 일을 경어를 넣어서 보고함으로써 상사에게 낮은 자세를 취해야 한다.

아울러 나이 어린 상사와 사적으로 대화를 할 때나 식사를 하는 과정에서 사소한 대화를 나눌 때 자기도 모르게 은연중에 상사보다 나이가 많이 먹은 것을 느끼게 하는 대화를 하는 것은 아닌지를 항상 돌아보면서 신중을 기해야 한다. 상사는 아이 백일이나 돌잔치 이야기를 하는데 상사가 들으라고 자기 아들 군대에 간 이야기를 하거나 아들이 대학에 다닌다는 이야기를 하는 것은 상사가 나이로 인해서 주눅이 들게 하는 요인이 된다. 그러므로 상사가 그런 생각을 갖지 않도록 그런 때는 상사의 이야기에 맞장구를 치거나 함구하는 것이 바람직하다.

또 나이를 아무리 많이 먹었다고 해도 상사 앞에서 나이 먹은 티를 내지 말아야 한다. 인생을 살다 보니 승진도 별것이 아니고 직장 생활을 30년 넘게 해 보니 그렇게 아등바등 힘들게 직장 생활을 할 필요가 없다는 말을 하는 등 그냥 물 흐르듯 자연스럽게 살라는 말을 하면서 후배들이 열정을 다해서 일하는 데 찬물을 끼얹은 것과 같은 발언을 하지 않아야 한다.

아울러 상사에게 나이가 많다는 것을 느끼지 않게 하듯이 동료들에게도 나이를 드러내게 되면 함께 어울리지 못하고 고립되는 상황으로 내몰릴 우려도 있으므로 주의해야 한다.

상사가 싫어하는 짓은
하지 마라

상사와 원활하게 소통하기 위해서는 상사가 싫어하는 짓을 하지 말아야 한다. 아무리 잘해도 자칫 어느 한순간에 작고 사소한 것으로 인해 모든 것이 무너질 수 있기 때문이다.

직장 생활을 하면서 상사와 원활하게 소통하기 위해서는 조직이 처한 상황이나 상사가 처한 역할과 위치에 따라 태도를 달리해야 한다. 그런데 상사는 일을 잘하고 성과를 내는 사람을 좋아하긴 하지만, 그런 사람이 너무 두각을 나타내거나 자기를 능가하는 재능을 발휘하여 성과를 내는 것을 반기지 않는다. 너무 도전적이고 열정적인 사람들은 통제하기 어렵기 때문이다.

또 도전적이고 혁신적이며 열정적인 직원은 간혹 예기치 못한 사고를 발생시켜 상사의 입장을 난감하게 하기도 한다. 그래서 상사는 일을 잘하면서 톡톡 튀는 럭비공 같은 직원보다는 자기가 통제 가능한 한 사람과 소통하기를 원한다.

일을 잘하는 사람도 계속해서 일을 잘할 수는 없다. 원숭이도 나무에서 떨어지는 날이 있기 마련이다. 산을 좋아하는 사람은 산에서 죽고, 물을 좋아하는 사람은 물에서 죽는다는 말이 있다. 자기가 좋아하고 잘하는 것에 몰입하여 그곳에 뼈를 묻는다는 뜻도 있지만, 한편으로는 자기가 잘하는 것을 하다가 결국 실수로 그곳에 뼈를 묻는다는 의미도 내포되어 있다. 그러므로 자기가 남보다 잘한다고 자만하지 말아야 하고, 자기가 잘하는 것이 오히려 자기 발목을 잡을 수도 있다는 생각으로 늘 경계를 늦추지 말아야 한다.

또 모든 것을 잘하려고 하지 말고, 상사가 싫어하는 것을 하지 않으려는 데 치중해야 한다. 일을 아무리 잘해도 상사가 근태가 문란하거나 허위보고 하는 사람을 싫어한다면, 상사가 가장 싫어하는 것을 하지 않는 데 치중하는 것이 바람직하다. 이 말인즉 상사와 원활한 소통을 하고 상사 곁에서 상사의 마음에 드는 좋은 부하가 되기 위해서는 상사에게 인정을 받으려고 하는 것에 치중하기보다는 상사가 싫어하는 것을 하지 않으려고 해야 한다는 뜻이다.

상사와 원활하게 소통하는 것은 자기 삶과 원활하게 소통하는 것에 견주어서 설명할 수 있다. 우리가 일상생활을 하면서 자기가 잘하는 것에 주력하여 열심히 일을 하다 보면, 다른 것에 소홀하게 되고 그로 인해 생각지도 않는 곳에서 문제가 불거지는 경우가 있다. 너무 일에 신경 쓴 나머지 가정을 등한시하고, 일의 성과에 치중한 나머지 건강이 악화되는 경우도 있다. 그러므로 너무 잘하는 것에 치중하여 생각지도 못한 곳에서 문제가 발생되지 않도록 주의하고 조심해야 한다.

통한만큼 친해지는
통친력

상사의 의중을 알아도
모르는 척하라

『삼국지』를 보면, 조조가 자기가 하는 것을 모두 알아 버린 양수를
결국은 참형에 처한다. 양수는 무척이나 지혜가 출중하고 학식이 매
우 깊은 신하였다. 조조의 아들을 가르칠 정도로 통찰력이 뛰어난
인재 중의 인재였다. 그런데『삼국지』에 등장하는 영웅들 중에서 그
누구보다 인재를 중시했던 조조가 그런 양수를 참형에 처한 것은 자
기의 속마음을 다른 사람에게 말함으로써 군기를 문란하게 했기 때
문이다.

  그렇다. 직장 생활을 하면서 상사를 보필할 때는 상사에 대해서
많은 것을 알고 있어도 마치 상사에 대해서 전혀 모르는 것처럼 쇼
를 해야 한다. 상사와 부하 사이에는 어느 정도 서로가 서로에게 숨
기는 신비감이 있어야 한다. 물론 서로가 서로를 너무 많이 안다면
상사가 말하지 않아도 부하가 척척 알아서 해 주기 때문에 이점이
많다. 그래서 상사는 때로는 자신의 마음을 알아주는 부하를 좋아하
기도 한다. 그런데 여기서 중요한 것은 상사의 마음을 잘 알아주면
서도 그러한 상사의 마음을 다른 사람에게 발설하지 않는 부하를 더

좋아한다는 점이다.

 그러므로 자기가 다른 사람에 비해서 상사에 대해 많은 것을 알고 있다고 하더라도 결코 다른 사람 앞에서 아는 체를 하지 말아야 한다. 또 상사를 오래 모시면 모실수록 상사의 좋은 점과 나쁜 점을 포함하여 결코 부하가 알아서는 안 되는 1급 극비에 상응하는 사실을 알게 될 때가 있다. 그러한 상황에서도 결코 그러한 사실을 다른 사람에게 발설하거나 비밀스러운 정보로 사적인 이익을 취하려고 해서는 안 된다. 자신의 아킬레스건을 부하 직원이 알았다고 생각한 상사는 언제든 기회가 있을 때 그 부하 직원을 내친다는 것을 알아야 한다.

 『한비자』에서 말하기를, 군주가 백성을 다스릴 때에는 법(法)과 술(術)과 세(勢)로 다스려야 한다고 말한다. 즉, 백성들이 준수해야 하는 법을 만들고 권력으로 세를 형성하되 상황에 따라서 임기응변으로 백성들의 마음을 움직일 수 있는 술책을 가지고 있어야 한다는 것이다. 따라서 조직을 관리하기 위한 술책은 오직 상사만이 알고 있어야 하는 전유물에 해당한다. 그런데 상사가 은연중에 부하에게 이야기한 자신의 술책을 다른 사람에게 발설하거나 그것으로 자기 이익을 꾀하려고 한다면, 그런 부하를 좋아할 상사는 없다.

 인생은 어차피 연극이라는 말이 있다. 그렇다. 조직 생활을 제대로 하기 위해서는 인생보다 더한 연극을 해야 한다. 인생이 일일 드

통한만큼 친해지는
통친력

라마라면 직장 생활은 특집 드라마라고 생각해야 한다. 자기를 쉽게 내보이지 않아야 하고, 특히 상사와 관련된 것에 대해서는 그 어느 것도 공개하지 않아야 한다. 상사의 마음이 조직의 마음이고 그것은 상사의 전유물이기 때문이다.

멀리 떨어져 있을 때
주의하라

상사와 함께 생활을 하는 것이 좋은데, 그렇지 않고 상사와 멀리 떨어져 있는 경우에는 상사와 소통을 하려고 해도 공간적으로 멀리 떨어져 있기에 그것이 뜻대로 되지 않는 경우가 많다. 상사의 입장에서도 항상 눈에 보이고 살을 부대끼면서 사는 부하에게 정을 느끼지, 멀리 파견생활을 하고 있는 부하에게 점수를 후하게 줄 수는 없는 문제다.

하지만 그러한 경우라도 그냥 손을 놓고 있으면 기본적으로 관계의 끈까지도 약해지는 문제가 파생된다. 그러므로 그런 경우에는 전략적으로 상사에게 신뢰를 얻어야 한다.

첫째, 가장 먼저 상사에게 멀리 떨어져 있지만 조직과 상사를 위하는 충성심에는 전혀 변함이 없으며, 언제라도 상사의 하명이 있으면 물불을 가리지 않고 상사의 명령에 따른다는 것을 은연중에 알려야 한다.

사실 상사는 호랑이가 없으면 여우가 왕 노릇을 한다는 생각으로,

멀리 떨어져 있어서 어쩔 수 없이 그 부하에게 전권을 위임했는데 그 부하가 개인적인 이익을 위해서 조직을 좌지우지하는 것은 아닌지 항상 의심을 하고 있다. 그러한 의심을 믿음으로 변화시켜 주는 것은 바로 충성 맹세다. 그러므로 멀리 떨어져 있다면 그러한 충성 맹세를 주기적으로 해야 한다.

둘째, 상사가 현재 무엇에 관심이 있는지를 알고 그 자료를 즉시 상사에게 보내 주어야 한다. 필요하다면 그날그날의 업무 리스트를 상사에게 일정한 시간에 보고하는 것도 상사와 정보를 활발하게 공유하는 좋은 방법이다.

또한 돌발 상황이나 특별히 구두로 보고해야 하는 사항은 특별히 전화로 구두 보고를 해야 한다. 아울러 상사의 승인이 필요하다고 여기는 사항에 대해서는 사전에 화상 통화나 인터넷 매체를 활용해서 상사와 직접적으로 대화를 나누는 것이 바람직하다.

셋째, 상사가 무엇을 의심할 것인지에 대해 '만일 내가 상사라면?' 하는 역지사지의 마음을 가져야 한다. 아울러 그런 상사의 마음으로 일하되, 결코 이를 행동으로 표출해서는 안 된다. 특히 상사가 의심이 많은 경우에는 정보원을 이용하여 관리 감독을 하는 경우도 있고, 상사와 부하를 이간질시켜서 중간에서 어부지리의 이익을 얻으려고 하는 사람도 있음을 알아야 한다. 그러므로 늘 다른 사람의 오해를 받지 않도록 자기 관리를 잘해야 한다.

넷째, 조직의 단체 활동 행사에 참여해서 자신의 소속을 만방에 알려야 한다. 멀리 떨어져 있고 다른 조직으로 파견 나가 있지만, 자기는 그 상사의 소속이고 그 상사의 부하이며 그 상사에게 업무 지시를 받고 그 상사와 함께 업무를 하는 부하 직원이라는 것을 명확하게 다른 사람들에게 천명해야 한다. 그렇게 함으로써 상사의 나르시시즘을 충분히 채워 주어야 한다.

아울러 조직 간 시합을 할 때 자기 조직이 이길 수 있도록 헌신적으로 노력해야 한다.

다섯째, 상사와 함께하는 다른 동료들과도 친밀하게 지내야 한다. 파견 근무의 속성상 자기 소속의 사람들보다는 함께 생활하는 파견 근무를 하는 사람들이 더욱더 가깝게 느껴지는 경우가 있다. 그럼에도 불구하고 원래 자기 소속 사람들과 상호 전화를 하고 친분을 나누면서 정보를 서로 주고받음으로써 미운 오리 새끼가 되지 않고 가능한 좋은 관계를 유지할 수 있도록 해야 한다.

또한 현실적으로 함께 부딪히며 파견근무를 하는 사람들과도 좋은 관계를 유지해야 한다. 양쪽에서 잘하면서 자기 세력권을 형성하려고 한다는 느낌을 주지 않도록 원만하게 생활하며 좋은 평판을 쌓아야 한다.

상사의 입장에서는 자기의 슬하를 떠나 있는 부하 직원이 자기만의 세력을 형성하는 것을 가장 두렵게 생각한다. 직장 정치를 하는 사람들에게는 자신의 정치적인 영향력이나 권력은 다른 사람들과 나눠 갖지 않으려는 속성이 있다는 것을 명심해야 한다.

그러므로 자기는 세력을 잡으려는 마음이 전혀 없다는 무소유의 마음으로 다른 사람들에게 호감이 가는 선한 마음으로 대해야 한다. 그것이 자기만의 좋은 힘을 발휘하는 것이자, 상사와 좋은 관계를 형성하는 길이라는 것을 알아야 한다.

상사가 없을 때
상사와 더 많이 소통하라

상사가 휴가를 가는 날에는 모든 직원들의 얼굴에 생기가 가득하다. 특히 출근할 때 상사가 스트레스를 줄 것이라고 예상했는데, 갑자기 상사가 장기 출장을 가거나 상사의 개인적인 일로 인하여 돌발 휴가를 내는 경우에는 참으로 기분 좋아하는 직원들이 많다.

나 역시 직장인의 한 사람으로서 나의 직속 상사가 휴가를 가는 경우에는 마음이 한결 편하다. 물론 상사 대신에 해야 하는 일도 많고 책임도 무거워지지만 상사의 관여 없이 주도적으로 일을 할 수 있다는 점에서 힘들어도 기분이 좋은 경우가 많다.

하지만 상사와 진정으로 원활하게 소통하기 위해서는 상사가 부재 중일 때 상사와 소통하려고 해야 한다. 상사가 휴가 나 출장 중에는 상사의 개인적인 일이기에 상사가 충분히 회사를 잊고 휴가를 즐길 수 있도록 연락하지 않고 안부 문자도 보내지 않는 것이 좋다고 생각하는 것은 상사의 마음을 모르는 것이다. 상사의 입장에서는 내심 당신이 자리를 비우면 조직의 잘 안 돌아갔으면 하는 마음과 자기가 없으면 그래도 자기를 찾아 주는 직원이 있기를 바라는 마음이 있

소통한만큼 친해지는
소통력

다. 그러한 상사의 심리를 잘 활용해야 한다.

  특히 상사의 나이가 50대 중반이 넘어가면 일과 성과와 업무적인
면보다는 자기가 없는데도 자기를 찾아 주지 않는 무관심에서 서운
한 감정을 느끼게 된다. 그러므로 상사가 휴가를 가고 사무실을 비
운 경우에는 그것을 상사와 가까워질 수 있는 기회로 삼아야 한다.
  상사가 휴가나 장기 출장을 갔을 때, 오히려 상사에게 연락을 해
서 상사와 적극적으로 소통하려고 노력해야 한다. 상사가 바쁘다면
문자나 녹음을 남겨 놓으면 된다. 또 장기 교육출장이나 인근 지역
으로 휴가를 갔을 경우에는 일부러 짬을 내서 막걸리라도 한 병 들
고 가서 위로 방문을 하는 것도 좋다. 또 퇴근 이후에 직원들과 함께
휴가 중인 상사를 회식에 초청하는 특별한 이벤트를 마련해서 상사
의 기분을 좋게 하는 것도 상사와 원활하게 소통할 수 있는 물꼬는
트는 비결이다.
  그러므로 상사가 부재중이라고 해서 그것을 단순히 상사가 지시
와 통제와 간섭을 하지 않아서 좋다는 것으로 받아들이지 말아야 한
다. 어떡하든 상사의 휴가 가는 날을 상사와 친하게 보낼 수 있는 기
회를 잡을 수 있는 날이라고 생각해서 전략적으로 상사의 휴가 가는
날을 잘 활용해야 한다.
  한편 상사의 입장에서는 상사가 휴가를 가는 날에 자기가 없을 때
진정으로 일을 열심히 하는 부하는 누구일까에 대해서 궁금해하기
도 한다. 그래서 일부러 휴가를 가면서 특정한 사람에게 다른 직원
들이 자기가 없을 때 어떻게 말을 하고 어떻게 행동하는가를 잘 모

니터링해 달라고 하는 경우도 있다. 그러므로 상사가 휴가를 가는 날에는 특별히 긴장해야 한다. 즉, 상사가 있으나 없으나 상사가 있는 것과 같이 조심스럽게 생활해야 한다.

사실 직장 생활은 살얼음 위를 걸어가는 것과 같다. 아무리 잘나가는 사람도 단 한 번의 실수로 모든 것을 날려 버릴 수 있다. 불법과 비윤리적인 행위로 인하여 평생 동안 쌓아 온 금자탑이 일순간에 무너질 수 있음을 알아야 한다. 상사가 있으나 없으나 내심 그 속내를 표현하지 말고 묵묵히 조심해서 생활해야 한다는 것이다. 특히 상사가 전략을 잘 구사하는 사람이거나 사람에 대해서 알고자 하는 사람, 성과보다는 관계를 좋아하는 사람인 경우에는 특별히 말과 행동거지를 더 조심해야 한다.

어떤 경우에는 상사가 휴가를 가면 상사와 연관된 일을 하기에 자기도 휴가를 가는 경우도 있다. 하지만 비서라도 상사가 없다고 해서 본인도 휴가를 가는 것은 옳지 않다. 상사가 휴가를 가면 오히려 상사가 없을 때 무슨 일이 있었는지에 대해서 모니터링을 하고 정리해서 상사가 복귀하면 그에 대해 종합적으로 보고해야 한다. 그런 부하가 상사를 잘 섬기는 사람이다.

상사가 없을 때 상사의 마음을 헤아려서 상사가 없다는 것이 공백이 되지 않도록 그 나머지를 충분히 지원하는 부하 직원이야말로 상사와 잘 소통할 수 있는 부하 직원이다.

최근 대기업에서는 오히려 상사가 휴가를 가도록 장려하고 있다. 만약 당신이 상사라면 가능한 휴가를 많이 가야 한다. 그래야 부하

통한만큼 친해지는
통친력

들이 상사가 없음으로 인하여 생기는 업무 공백을 메우려고 그에 상응하는 노력을 통해 자기 성장을 기할 수 있다. 또 상사가 없어야 마음이 즐겁고 유익한 직원들에게는 상사의 휴가가 답답한 숨통을 뻥트이게 하는 역할을 한다.

이처럼 조직의 리프레쉬(refresh)와 인재 양성 그리고 직원들의 스트레스에 좋은 특효약은 상사의 휴가다. 상사의 휴가가 주는 이점에 대한 논문이라도 쓰고 싶을 정도로 이제까지 직장 생활을 하면서 느낀 것이 있다면 상사가 휴가를 가야 조직이 활력이 넘치는 조직이 된다는 것이다. 가장 이상적인 경우는 상사가 실제로 현업에서 업무를 하면서 마치 자기가 휴가를 가 있는 것과 같은 생각으로 직원들을 대한다면, 직원들의 입장에서는 어느 정도 마음의 평화를 느낄 수 있을 것이다.

상사의 기분을 좋게 하는
말을 하라

　말 한마디로 천 냥 빚을 갚는다는 말이 있다. 또 다된 밥에 재를 뿌리는 것처럼 모든 일을 다 잘해 놓고서 마지막 한마디 말로 인해서 모든 것을 도루묵으로 만드는 경우도 있다. 그처럼 말이라는 것은 매우 중요하다. 그래서 세상에서 가장 맛있는 요리도 세 치 혀로 만든 요리이고 세상에서 가장 맛없는 요리도 세 치 혀로 만든 요리라고 말한다.

　상사와 원활하게 소통하기 위해서 가장 중요하게 생각해야 하는 것은 바로 말이다. 상사에게 무슨 말을 해야 하는가보다 같은 말이라도 상사에게 어떤 자세로 말을 하는가가 더 중요하다. '이왕이면 다홍치마'라는 말이 있듯이 상사의 기분이 좋게 하는 태도로 말해야한다. 말을 할 때 단순히 사실과 정보만을 전달하는 것이 아니라, 말에 사랑과 존경을 담아서 해야 한다는 것이다.

　상사와 어느 정도 긴장 상태에 있을 때 혹은 다소 어색한 상태에 있거나 상사와 서로 경계하는 상태에 있을 때, 부하 직원이 상사에

232　　통한만큼 친해지는
통친력

게 던지는 한마디의 말로 관계가 회복될 수도 있다.

일례로 서로 침묵 속에서 지내다가 나이가 많은 부하 직원이 점심을 먹지 않고 일을 하고 있는 나이 어린 상사에게 건네는 "상사님, 점심 식사를 하시고 하지죠?"라는 단순히 식사를 하자는 안부의 말이 상사의 기분을 좋게 하기도 한다. 상사의 입장에서는 나이 많은 부하가 경어를 쓰면서 식사를 하자고 안부를 묻는 것을 보면서 모든 마음의 빗장을 열고 부하 직원을 호감 어린 태도로 대할 것이다.

또, 상사가 무슨 질문을 던졌을 때 당황하지 않고 상사가 만족할 만한 대답을 하기 위해서 성심성의를 다해서 진실하게 말한다면 상사는 그런 부하를 무척 좋게 볼 것이다.

'다언삭궁(多言數窮)'이라는 말이 있듯이 말을 많이 하면 자주 궁지에 몰리게 마련이다. 그러므로 묵자가 말하는 언유삼법(言有三法)에 따라서 상사에게 말을 하는 것이 바람직하다. 언유삼법은 성인의 말과 행동에 어긋남이 없는지를 생각한 후 말하고, 듣는 사람들이 어떻게 받아들일지를 헤아린 후 말하며, 정치와 백성의 실상에 비춘 실천 전망을 세우고 말하라는 내용이다.

또 상사와 대화를 할 때에는 상사가 듣고 싶어 하는 말 이외에 불필요한 말을 하지 않는 것이 좋다. 상사는 말을 함에 있어서 자기가 하고 싶어 하는 말을 하더라도, 부하 직원은 자기가 하고 싶어 하는 말이 아니라 상사가 듣고 싶어 하는 말을 해야 한다. 그렇지 않으면 침묵 속에서 상사의 말을 묵묵히 경청하는 것이 상사에게 인정받는 길이다.

한마디 좋은 말로 상사의 기분을 좋게 해야 한다고 해서 꼭 아부와

아첨의 말을 하라는 것이 아니다. 말을 하지 않고 침묵 속에서 상사의 말을 잘 경청하는 것도 상사에게 말을 잘하는 것이라고 볼 수 있다. 가장 위대한 말은 침묵 속에 있다는 말이 있듯이 때로는 침묵이 상사의 기분을 좋게 하고 상사의 마음에 안정과 평화를 주기도 한다는 점을 알아야 한다.

통한만큼 친해지는
통친력

기대감을 주는
희망 스토리로 소통하라

　상사와 이야기를 할 때는 상사에게 기대감을 주어야 한다. 부하 직원의 입장으로서 상사에게 줄 수 있는 기대감에는 어느 정도 한계가 있겠지만, 그래도 부하 직원은 자녀들이 부모에게 희망을 주듯이 참신한 기획안과 기발한 아이디어로 상사에게 기대감을 주어야 한다.

　이를 위해서는 회사의 업무적인 분야에서 경쟁사의 정보와 상사에게 도움이 되는 조직관리 및 경영에 대한 고급 정보를 상사에게 제공해 주어야 한다. 그래서 상사의 입장에서 그 부하 직원을 만나서 대화를 하면 유익한 정보를 얻을 것 같은 기분이 들도록 해야 한다. 그것이 부하로서 상사에게 좋은 기대감을 주는 것이다. 또한 상사에게 특별한 오더를 받으면 다른 사람에 비하여 특별한 기획 안을 마련해야 한다. 그래서 업무 오더를 내린 상사의 기대감을 충족시켜 주어야 한다.

　부모가 자녀에게 희망을 가질 때는 자녀가 열정을 다해서 공부하고 있을 때다. 마찬가지로 상사는 부하 직원이 자기에게 주어진 일을 열정을 다해서 노력하는 모습을 볼 때 기대감을 갖는다. 그렇다. 상사에게 기대감을 주는 것은 일상생활 속에서 일상 업무를 바르고 그릇됨이 없이 열심히 하는 것이다. 흔들리지 않는 열정과 꾸준히 하는 인내의 힘이 함께할 때, 상사는 부하에게 커다란 기쁨을 느끼고 그 업무에 대해서 기대감을 갖게 된다는 사실을 알아야 한다.

어렵고 힘들어도 참고 견뎌 내는 힘은 바로 희망과 기대감 속에 있다. 특히 힘든 상황에서도 희망의 끈을 놓지 않는 것은 그 안에 뭔가 모를 기대감이 있기 때문이다. 그러므로 상사를 보필하고 상사와 소통을 함에 있어서 희망과 기대감을 주는 부하가 되어야 한다. 그래서 회의를 해도 그 부하 직원과 하면 회의가 원활하게 진행되고, 함께 이야기를 해도 그 부하 직원과 있으면 수준이 한층 높아진 것 같다면 상사에게 진정으로 인정받는 부하가 된 것이라고 볼 수 있다.

상사 역시 부하에게 희망을 안겨 주어야 한다. 많은 리더십 학자들은 "리더들이 부하들에게 주어야 하는 단 하나의 키워드가 있다면, 그것은 희망이다"라고 말한다. 부하들에게 희망을 전하는 리더가 되어야 한다. 그래야 부하들이 그 희망을 가지고 어렵고 힘든 여정을 견뎌 낸다.

마찬가지로 상사의 입장에서도 단순히 부하들에게 희망을 주기만 한다면 힘이 빠질 것이다. 상사의 입장에서 볼 때, 자신과 함께하는 부하들에게 밝은 비전을 제시해야 한다. 비록 현재는 부하들이 조직력이 약해서 힘을 제대로 발휘하지 못하지만, 시간이 지나면 분명히 좋아질 것이라는 희망이 있어야 한다. 그래야 상사도 부하들과 함께하는 시간이 즐겁게 느껴진다. 그렇지 않고 매번 말썽만 부리는 부하들이 만연한 조직을 누가 좋아할 것이며, 그런 조직을 누가 이끌고 싶어 하겠는가?

회사 언어로
소통하라

군인과 민간인이 사용하는 언어는 다르다. 사회에서는 "했어요.", "그래요."라고 말을 한다면, 군대에서는 "했습니다." 혹은 "그랬습니다."라고 말해야 한다. 또 고참이나 중대장 혹은 대대장이 질문하면 이를 복명복창하고 신속하게 "알겠습니다." 혹은 "실시하겠습니다."라는 말을 해야 한다. "잘 모르겠는데 다시 한 번 말씀해 주세요." 혹은 "그것은 안 됩니다."라는 토를 달지 못한다.

물론 토를 달 수는 있다. 하지만 군대라는 특수성을 감안한다면, 그것은 일련의 상관에 대한 명령 불복죄에 해당한다. 명령에 죽고 명령에 살아야 하는 군대의 특성상 그럴 수밖에 없다.

군대의 문화와 유사한 곳이 바로 직장이다. 직장뿐 아니라 단체 생활을 함에 있어서 위계질서를 특히 중요시 여기는 조직에서는 상사의 말이 곧 법이고 상사의 명령이 바로 업무 프로세스가 된다. 이에 부하 직원은 상사와 소통할 시에는 군대에서와 마찬가지로 상사가 원하는 언어로 응답해야 한다.

통한만큼 친해지는
통친력

집에서 형이 말을 하고 부모가 지침을 내리면 어느 정도 꾸물거리거나 자기가 생각하는 방향과 그릇된 경우에는 다소 항변을 하고 객기를 부릴 수도 있다. 사랑과 아량과 용서가 어느 정도 통용되는 곳이 바로 가정이기 때문이다. 그러나 직장은 엄연히 가정과는 다르다. 그러므로 상사의 지침이나 지시에 대해서 꾸물거리거나 항변을 하는 것은 상사에게 괘씸죄에 해당하는 큰 죄가 아닐 수 없다.

일례로 상사가 보고서를 언제까지 작성해야 한다고 지시하면, 어떠한 경우에도 상사가 원하는 일자에 보고서를 작성해서 보고해야 한다. 그렇지 않고 자기가 바쁘다고 해서 혹은 상사의 지침이 그릇된 것이기에 하지 않아도 된다는 생각으로 객기를 부리는 것은 상사를 무시하고 우습게 여기는 것으로 생각한다. 다소 상사의 지시 사항이 틀렸다고 해도 일단은 상사가 원하는 대로 해 주어야 하는 것이 부하 직원의 도리다.

아울러 상사와 소통을 할 때는 회사형 언어를 사용해야 한다. 상사와 친하다고 혹은 상사와 사적으로 매우 밀접한 관계를 형성하고 있다고 해서 상사의 지시 사항에 대해서 농담으로 넘겨서도 안 된다. 혹은 "바빠서 나중에 하겠다."거나 "바쁘니 다른 사람에게 지침을 내렸으면 한다."는 등으로 하기 싫은 속내를 표현한다면, 그것은 상사의 명령에 대한 항명죄를 범하는 것과 같다.

무릇 직장인은 상사의 명령에 죽고 상사의 명령에 사는 군인과 같은 자세로 상사를 섬겨야 한다. 가족 같은 직장, 화목한 직장, 가족 경영을 표방하는 기업이라고 해서 상사의 명령에 대해서 가족과 같이 대하는 것은 크게 실수하는 것이다.

상사와 소통할 때 일반 사회에서 생활할 때처럼 대화하는 것은 상사와 허물없이 대화한다는 점에서 좋을 수는 있어도, 아무리 친해도 직장에서의 상사는 상사라는 점을 명심해야 한다.

　자칫 전략적으로 부하 직원의 마음을 떠보기 위해서 부하 직원이 속을 다 열어 놓고 막말을 하거나 속내를 과감 없이 터놓고 이야기하도록 유도하는 상사도 있으므로 상사와 허물없이 소통하는 자리라고 해서 긴장의 끈을 놓아서는 안 된다. 자칫하면 그간에 쌓아 온 평판이 무너지고 이중인격자로 낙인이 찍힐 수 있으므로 상사와 소통할 때도 말을 가려서 해야 한다. 다소 껄끄럽고 마음 편하지 않는 상태에서 이야기하는 분위기가 되더라도 엄숙하고 사리분별이 명확한 상태에서 정갈하게 이야기해야 한다.

　이유 여하를 막론하고 상사와 소통을 할 때는 회사형 언어를 구사해야 하는 바, 회사형 언어가 어떤 것인지 막연하고 그에 따른 기준을 정할 수 없다면 군대에서 하는 것처럼 하면 된다. 무조건 상사의 의견을 중시하고 상사의 지침에 대해서 반발을 하지 않으며 수용하고 순명한다는 생각으로 임해야 한다. "알겠습니다." 혹은 "그렇게 하도록 하겠습니다.", "원하시는 일정에 맞출 수 있도록 최선의 노력을 다하겠습니다."라는 긍정의 언어로 대답해야 한다.

　설령 상사가 자기보다 연배가 낮고 십 년 이상 차이가 나고 자기가 그 분야에서 더 전문가라고 할지라도 상사의 지침에 대해서 그릇된 점을 이야기하면서 상사의 지침이 잘못된 것이라고 항의하거나 상사를 가르치려고 해서는 안 된다. 어떤 경우에는 상사가 지시를 내리는 것은 시시비비를 떠나서 자기가 내린 지시에 대해서 부하 직원이 순명하고 순종하는가를 테스트하는 경우도 있기 때문이다.

간혹 상사가 갑자기 평소와는 다른 태도로 부하에게 살갑게 접근하는 경우가 있다. 너무 힘들어서 상사의 상사를 불평하고 자신도 회사 정책에 대해서 불만이 많다는 투로 말을 꺼내면서 자신의 생각에 은근히 동조해 주기를 원하는 투로 말을 걸어오는 경우도 있다. 그런 경우에는 심사숙고할 필요도 없다. 그냥 침묵을 유지하는 것이 최선이다.

그 당시에는 상사를 위로하고 상사와 동질감을 형성하기 위해서 아무 생각 없이 맞장구를 친 것이 나중에 화근이 되어서 상사에게 역공을 당할 수 있는 빌미를 제공할 수 있기 때문이다.

간혹 회사에서도 조직의 활력을 불어넣고 적정한 위기의식과 긴장감을 불어넣기 위해서는 불평불만을 하고 상사의 지침에 대해 역행하는 사람이 있어야 한다고 말한다. 물론 그 말이 일리는 있는 말이다. 하지만 결코 자기가 그 대상이 되려고 해서는 안 된다. 즉, 그런 역할은 다른 사람이 하도록 하고 자기는 이유 여하를 막론하고 긍정의 언어를 구사해야 한다. 그것이 상사와 좋은 관계를 지속적으로 유지할 수 있는 길이다.

특별히 상사와 소통할 때 상사의 상사에 관한 알짜 정보를 상사에게 들려준다든지 상사의 관심사에 대해서 신뢰성이 있는 이야기를 상사에게 제공하는 것도 상사의 마음에 긍정적인 사람으로 각인시킬 수 있는 좋은 소통법이다.

아울러 상사와 소통을 할 때는 가능한 한 자기가 말을 많이 하지 않는 것이 좋다. 대개 부하들이 많이 실수하는 것은 상사와 함께 있을 때 분위기가 어색하다는 생각에서 적막을 깨기 위해 침묵을 유지하지 못하고 억지로 생각지도 않는 말을 꺼내는 것이다. 이로 인해서 상사에게 실언을 하는 경우가 있는데, 상사와 침묵을 유지하고 상사의 말을 잘 들어 주는 것이 최상의 소통임을 알아야 한다.

어찌 보면 상사와는 가급적 거리를 두는 것이 좋다는 말이 맞는지도 모른다. 그렇다고 계속해서 상사를 피해서 도망을 다닐 수도 없는 노릇이다. 그러므로 이왕 부딪혀야 하는 경우라면 긍정으로 자기의 마음을 무장한 연후에 상사와 적극적으로 대화를 시도하는 것이 좋다. 이때 상사가 말을 많이 하도록 하고, 자기는 상사의 말을 경청한다는 자세로 상사를 대해야 한다.

상사에게
수시로 인사하라

'인사가 만사'라는 말이 있다. 인사만 잘해도 기본적으로 상사와의 소통이 가능하다. 출근했을 때 혹은 퇴근했을 때 점심을 먹을 때나 일을 시작할 때, 일을 마쳤을 때 등 어떤 일을 시작하거나 끝날 때는 상사에게 각각의 상황에 맞춰 "수고하셨습니다." 혹은 "상사님과 함께해서 많은 것을 배웠습니다.", "안녕하십니까?", "퇴근하겠습니다." 등을 큰소리로 말하면서 인사해야 한다.

상사에게 인사하는 것을 두려워하거나 상사에게 인사를 하는 것을 마치 상사에게 지나치게 아부하는 것이라고 생각해서 혹은 매일 접하는 상사이기에 인사를 하지 않아도 상사가 알아줄 것이라고 생각하는 것은 자기 착각이다.

모든 소통의 기본은 예의 바른 인사나 안부에서 시작된다. 따라서 상사에게는 무조건 기회가 생기면 인사를 한다는 생각을 가져야 한다. 혹자는 출근해서 인사하고 퇴근해서 인사를 하면 그것으로 충분하다고 말한다. 그래서 어떤 상사는 부하가 인사를 하지 않고 고개를 뻣뻣하게 들고 있어서 오히려 더 민망할 때가 있다고 말한다.

상사의 입장에서는 부하가 인사를 해 주기를 바라고 있다. 마치 집에서 부모님이 집에서 나갈 때와 들어올 때 안부를 겸해서 인사를 하듯이 상사가 사무실 밖에 나가거나 밖에서 사무실로 다시 들어올 때는 어떤 형태로든 안부 인사를 하는 것이 바람직하다.

인사하는 것은 나는 당신과 적이 아니고 친구라는 것을 묵시적으로 표현하는 행위다. 또 인사를 한다는 것은 상대방을 존중하고 인정한다는 대표적인 행위다. 상대방의 위치와 지위를 인정하고 당신의 말에 잘 따르며 당신의 권위를 인정한다는 것을 표현하고, 나는 당신의 부하라는 것을 반복적으로 상사에게 인식시킬 수 있는 가장 좋은 방법은 상사에게 인사를 하는 것이다. 그것도 마지못해서 형식적으로 하는 인사가 아니라, 진정으로 상사를 존경하고 상사에게 경의를 표한다는 마음으로 인사를 해야 한다.

특히 자기가 상사보다 연령이 많거나 회사 근속 년수가 오래된 사람이라면, 필히 인사하는 것에 역점을 두어야 한다. 나이 어린 상사의 입장에서는 나이 많은 부하 직원이 인사를 하지 않으면 자기를 상사로 인정하지 않는다거나 자기를 우습게 여긴다고 생각한다. 상사의 입장에서 볼 때 자칫 잘못하다가는 부하 직원이 상사의 머리 꼭대기에 앉으려는 경우가 생길 수도 있으므로 상사가 먼저 인사를 하고 싶어도 일부러 권위적인 태도를 취하는 경우가 있음을 알아야 한다.

대부분의 경우 상사는 인사를 받을 시점에 일부러 다른 일에 몰두

통한만큼 친해지는
통친력

하고 있는 척한다. 부하 직원이 인사하는 타이밍에 부하 직원이 진짜로 인사를 하는지를 보기 위해서 일부러 인사를 받을 자세가 되어 있지 않은 척한다. 그러기에 부하의 입장에서는 상사가 다른 일에 몰두해 있다고 해도 반드시 인사를 해야 한다. 만약의 경우에 상사가 다른 사람과 전화 통화를 하고 있다면 소리를 내지 말고 목례라도 해야 한다.

오늘도 봐야 하고 내일도 봐야 하며 계속해서 많은 시간을 함께해야 하기에 그런 사소한 인사 정도는 중요하지 않다고 생각하기 일쑤다. 하지만 직장 상사와 진정으로 소통을 잘하고 친밀하게 지내는 사람을 면밀하게 살펴보면, 가장 기본적으로 상사에게 인사를 잘한다는 것을 알 수 있을 것이다.

상사에게 인사를 한다고 해서 격식을 차리고 "안녕하십니까!" 혹은 "반갑습니다."라는 등의 인사말을 넣어서 인사를 하는 것만이 인사를 하는 것이 아니다. 잡답을 하거나 날씨에 관해서 이야기를 하거나 출근할 때 차가 밀렸고 어제는 참으로 놀라운 일이 있었다면서 어제의 뉴스에 대해서 말을 하는 것도 상사에게 인사하는 것이라고 볼 수 있다. 즉, 상사가 사무실에 앉아 있다면 상사가 있음을 의식하고 있고 상사를 마음속에 담아 두고 있음을 표현하는 정도만 되어도 인사를 한 것이다.

상사는 격식을 차리는 인사보다는 친근하게 자기를 알아주고 자기를 무시하지 않는다는 정도의 눈인사만을 하더라도 예의 바른 인사로 받아들인다. 그렇지 않고 상사가 사무실에 있는데도 마치 상사가 자리에 없는 것처럼 다른 사람과 큰소리로 이야기를 하는 것은 상사를 무시하는 처사다. 특히 다른 사람에게는 인사를 하고 친근한 표정을 보이다가 상사를 보면 얼음장처럼 굳어 있는 모습으로 일순간 표정을 싹 바꾸는 부하 직원을 싫어한다는 것을 명심해야 한다.

인사는 밝고 맑은 표정과 진정성을 담아서 해야 한다. 상대방을 존중하고 배려한다는 생각으로 상사를 대해야 한다. 또 상사의 입장에서도 부하 직원이 인사를 하지 않으면 일부러라도 업무 오더를 내린다는 생각으로 부하 직원에게 말을 건네야 한다. 특히 부하 직원이 낯가림을 하거나 상사를 필요 이상으로 지나치게 어려워하는 경우라면, 더욱더 상사가 먼저 부하 직원에게 말을 걸어야 한다.

상사의 입장에서는 늘 부하 직원이 자기를 어떻게 생각하고 있으며 어제의 불편한 일로 인하여 혹시 마음의 빗장을 걸어 버린 것은 아닌가에 대해서 고민하고 있다. 그러므로 그러한 의심을 깨기 위해서라도 상사에게 안부 인사를 건네는 것이 좋다. 특히 어제의 업무적인 불편함이 상사의 잘못으로 인하여 생긴 문제라면, 더욱더 상사에게 환한 표정으로 인사를 건네야 한다. 그래서 나는 어제의 일을 깔끔하게 잊었으며 오늘은 새로운 마음으로 좋은 관계선상에서 상사에게 부하로서의 도리를 다할 것이라는 마음으로 상사에게 안부 인사를 하는 것이 바람직하다.

우리나라는 동방예의지국이다. 그래서인지 능력보다 태도를 중요시 여기는 직장이 많다. 이 말인즉 아무리 능력이 뛰어나더라도 태도가 불성실해 보이거나 불경스러운 언행을 한다면, 그것만으로도 사리 분별이 없고 예의범절이 없는 나쁜 직원이라는 인식을 가질 수

통할만큼 친해지는
통친력

밖에 없다는 의미다. 일을 잘하고 능력이 뛰어날수록 더 조심해서 겸손하고 겸허한 모습으로 업무에 임해야 한다. 겸손한 자세는 인사를 하는 것에서부터 시작된다.

'초두효과'라는 말이 있다. 처음에 본 이미지가 그 이후의 이미지를 결정한다는 말이다. '첫인상'이라는 말이 있는데, 바로 그러하다. 인사는 자기의 첫인상을 좌우하는 중요한 요소다. 좋은 첫인상이 좋은 관계를 유지하는 데 큰 영향을 미친다는 것은 누구나 아는 사실이다. 그런 점에 입각하여 상사를 대함에 있어서 인사를 하는 것은 하루 동안 좋은 이미지를 상사에게 각인시키면서 생활하는 것이라고 할 수 있다.

아울러 첫 이미지를 좋게 했다면 마지막 마무리 역시 좋은 관계선상에서 매듭을 지어야 한다. 그래야 그 여파가 다음 날 업무를 시작하는 데 좋은 영향을 끼친다. 인사를 해서 좋은 관계가 되고, 그 관계 속에서 인사를 함으로써 다시금 새날에 좋은 관계를 이어 가는 단초가 된다는 점을 명심하자.

그리고 이왕 하는 인사라면 상사의 기억에 남는 인사를 하는 것이 좋다. 다른 사람과 동일한 방법으로 인사를 하기보다는 자기만의 방법으로 인사를 하는 것이다. 일례로 아침에 커피나 구수한 향이 풍기는 차를 타서 상사에게 건네면서 인사를 하는 것도 좋다. 또 간밤에 회식 자리에서 아주 유익한 정보를 들었다면서 그러한 정보를 말하면서 상사에게 자연스럽게 인사를 하는 것도 상사의 기분을 좋게 하는 차별화된 인사법이다.

단, 인사를 할 때 뇌물이나 인사 청탁을 하거나 상사에게 지나치게 신경이 거슬릴 정도로 인사를 해서는 안 된다. 상사에게 마음의 부담을 주는 선물을 하면서 인사를 하거나 다른 사람이 보고 있는 상황에서 상사가 무안해할 정도로 큰 소리로 아부를 하듯이 인사하는 것은 인사를 할 때 가장 경계해야 하는 사항임을 알아야 한다.

부하의 입장에서 필수적으로 상사에게 인사를 해야 하는 경우는 명절이나 휴가를 가기 전과 복귀하고 난 후이다. 추석 명절이나 설날 직전 날에 퇴근을 할 때는 특별히 명절 안부를 전해야 한다. 또 휴가를 가는 경우에는 전화나 문자 등 그 어떠한 형태로든 상사가 바쁜 상태에 있어도 꼭 상사와 소통을 하고서 휴가를 가는 것이 바람직하다. 그렇지 않으면 휴가를 가서도 마음에 찜찜한 생각을 갖게되고 복귀하면서도 그런 생각으로 인해서 마음의 문을 활짝 열지 못하는 상황이 발생된다.

그러므로 평상시와는 다른 특별한 날에는 반드시 상사에게 안부 인사를 하는 것이 바람직하다. 명절이나 해외여행을 다녀와서 선물을 하는 경우도 있는데, 그런 경우에는 과자류 등 받아도 부담이 되지 않는 선에서 인사를 하는 것이 바람직하다. 상대방에게 마음의 짐을 주는 인사를 하지 않도록 주의해야 한다.

통할만큼 친해지는
통친력

가화만사성에 대해
이야기하라

'가화만사성(家和萬事成)'이라는 말이 있다. 이 말은 가정이 화목하면 만사형통한다는 말이다. 그렇다. 직장인의 경우에는 가정이 안정되고 평화롭고 행복하면, 직장에서 어떠한 스트레스를 받아도 그것을 능히 참아 낼 수 있는 힘이 생기게 된다. 또 상사의 입장에서도 가정 환경이 평화롭고 행복한 부하 직원을 선호한다. 회사 생활은 참으로 열정을 다하는 실력파인데도 가정생활이 문란하거나 가끔 가정불화로 근태가 불량한 직원은 상사도 싫어한다는 것을 알아야 한다.

가정이 평화롭고 행복하면 상사와의 관계도 좋아진다. 가정의 평화로운 온기가 그 직원의 얼굴에서 드러나기 때문에 그 직원을 바라보는 상사를 포함한 동료들의 얼굴 표정도 덩달아 밝아진다. 평화롭고 행복한 기운은 함께 일하는 사람에게 쉽게 전염되기 때문이다.

표정이 좋고 긍정적이면서 행운의 이미지가 가득한 사람과 함께하려는 것은 당연하다. 그런 사람과 함께 있으면 자기에게도 좋은 행운이 뒤따를 것이라는 기대감 때문이다. 일은 잘하는데 매일 가정불화로 인해서 표정이 어두운 사람과 함께하려고 하는 사람은 없다.

그러므로 회사의 발전을 위해서 직장인으로서 그에 대한 사명의식을 가지고 희생하는 것도 중요하지만, 그보다 먼저 선행되어야 하는 것은 가정의 화목이다. 즉, 가족들의 건강과 가정의 행복보다 직장에서의 일을 우선순위에 놓지 말라는 것이다. 항상 가정이 우선이어야 한다.

가정이 안정되고 평화로운 사람이 회사 일도 잘한다. 그런 사람은 감정에 일관성이 있고 안정되어 있기에 회사 업무를 함에 있어서도 불안감이 없이 여유로운 상태에서 일을 한다. 그래서 그런 사람과 기꺼이 함께 일을 하려고 하는 사람이 많이 생기게 된다.

좋은 일을 생각하면 좋은 일이 생기고 나쁜 일을 생각하면 나쁜 일이 생긴다는 말이 있듯이 좋은 부하가 되기 위해서는 항상 좋은 생각과 좋은 기운을 가지고 있는 좋은 사람이 되어야 한다. 그런 대표적인 사람이 가정적인 사람이다. 아내를 사랑하고 아이들에게 존경받는 가장은 회사에서도 행실이 바르고 성정이 긍정적이어서 주변 사람들과 잘 어울리고 주변 사람들에게 사랑의 좋은 기운을 전하는 전도사 역할을 한다.

그러므로 상사에게 가정적으로 참으로 모범적인 가장이고 자녀들에게 존경받는 아버지이자 아내에게 인정받는 남편이며 부모에게 효도하고 이웃 사람들에게 공경과 사랑을 실천하는 좋은 사람이라는 이미지를 풍겨야 한다. 아니, 실제로 그런 사람이 되어야 한다.

멀리 보고
멀리 생각하라

　회사에서 업무를 하다 보면 상사와 이해관계가 상충되고 의견이 상호 충돌하는 경우가 생기게 마련이다. 특히 자기가 잘나가고 자기가 잘 아는 전문 분야라고 생각하는 일을 할 때 그런 일이 생기는 경우가 많다. 실제로 자기가 실무적인 측면에서 최고를 자처하는 편인데, 그런 부하 직원에게 상식에서 벗어난 일을 하라고 요구하는 경우가 발생할 수도 있다. 그러한 경우에는 자초지종을 상사에게 넌지시 말해서 상사가 주장하는 의견을 철회하도록 하는 것이 좋다.

　또 자기가 말을 하는 것이 상사의 자존심을 건드리는 것이라면, 상사의 측근에게 상사의 지침대로 하면 나중에 걷잡을 수 없는 결과가 초래되고 대부분의 많은 일들이 상호 연관되어 있어서 차후에 대형 사고가 유발된다는 것을 말해서 그 측근으로 하여금 상사의 주장을 철회하도록 하는 것이 바람직하다.

　그렇지 않고 상사의 지시에 대해서 반박하는 내용을 거침없이 말하다 보면 상사와 언성을 높이게 되고, 어떤 경우에는 상사의 막말로 인해 부하 직원이 큰 상처를 입을 수도 있다. 그러므로 가능한 한 그런 극단적인 상황이 오지 않도록 해야 한다. 그러기 위해서는 일단은 상사의 지시 사항에 대해서 순응한다는 태도를 보이는 것이 좋다. 그리고 정히 추후에 문제가 될 것이라고 생각한다면, 그 자리가 아닌 상사가 자신의 조언을 경청할 수 있는 자리에 있을 때 이야기하는 것이 좋다.

가끔 직장에서 일을 하다 보면 많은 사람들이 회사에서 말하는 방향으로 흘러가는 경우가 많다. 아웃소싱이나 특히 인사이동 등의 일이 일어나는 시점에는 많은 유언비어들이 판을 치게 마련이다. 그러한 분위기에 휩싸이지 않도록 해야 한다.

직장 생활은 장기간의 비전을 보고서 생활해야 하는 곳이다. 순간적으로 자기 기분에 의해서 결정하는 것이 아니라, 3년 후, 5년 후 그리고 10년 후를 내다보고서 결정해야 한다. 지금은 당장 힘들더라도 나중에 좋은 일이 생길 것이라고 생각한다면 그 길을 택해야 한다. 마찬가지로 상사를 보필하고 상사와 현재 일을 함에 있어서 상사의 억지와 무례한 막말로 인해 고통스럽고 힘들더라도 그런 상사로부터 배우는 것이 많다면 먼 미래를 생각해서 참고 견뎌야 한다.

모든 것은 분위기다. 막상 지나고 보면 아무 일도 아닌데, 당시 상황의 힘에 빠져 있으면 자기도 모르게 그 상황에 이끌려서 행동하는 경우가 있다. 주변 상황을 돌아보지 못하고 오로지 폭주하는 기관차처럼 자기감정의 틀에 갇혀서 자기도 모르게 실수를 저지르고 불법적인 일을 자행하기도 한다. 특히 자기가 사기를 당해서 손해를 보는 경우에는 이판사판이라는 생각으로 극단적인 선택을 하기도 한다. 그럴 때는 더욱더 주의해야 한다.

그런 상황에 처했을 때는 '모든 것은 시간이 지나면 진실을 알게 될 것'이라는 생각을 해야 한다. 시간이 지나면 진실은 분명히 드러나게 되어 있다. 그러므로 궁색한 상황에 처하거나 누란지계의 위기 상황이 아니라면 그냥 수수방관하면서 '시간이 지나면 해결되겠지.'라는 생각으로 먼 훗날을 생각해서 참아야 한다. 지금 당장은 힘이 없어서 무시를 당하고 돈이 없고 실력이 없어서 내침을 당하지만, 시간이 지나면 그것이 발판이 되어서 더욱더 크게 성장할 것이라는 생각을 가져야 한다. 그래서 견뎌 낼 수 있는 한 견뎌 내야 한다.

아울러 선택을 해야 하는 상황에서는 감정적으로 선택하거나 상황의 힘에 끌려가지 말고, 침착하고 냉정하게 먼 훗날을 생각하면서 참아 내야 한다. '고진감래(苦盡甘來)'다. 참고 견디면 분명히 좋은 일이 있을 것이라는 것은 예나 지금이나 지극히 진리임을 명심하자.

정치나 종교 이야기를
하지 마라

상사와 함께 허심탄회하게 이야기를 하는 것이 상사와 원활하게
소통하는 것이라고 볼 수 있다. 하지만 다양한 이야기를 많이 한다
고 해서 좋은 소통이라고는 볼 수 없다. 할 말과 하지 말아야 하는
말을 구분하는 능력이 있어야 한다. 그러한 분별 능력이 없다면 아
예 상사와 대화를 하지 않는 것이 좋다. 상사와 이야기를 하는 것이
오히려 관계를 악화시키는 상황이 될 수도 있기 때문이다.

　일반적으로 강의를 할 때, 종교와 정치 그리고 지연과 학연에 대
한 이야기를 하지 말라고 말한다. 십인십색의 다양한 청중의 성향을
모두 충족시킬 수 없기 때문이다. 청중의 성향이 어떤 성향인지, 정
치적으로 야당인지 여당인지 혹은 종교에 대한 철학은 어떠한지 지
연과 학연은 어디인지를 모르면서 자기의 철학이나 이념을 함부로
드러내서 적대감을 불러일으킬 필요는 없다.

　그런 측면에서 볼 때, 상사 앞에서도 그러한 이야기를 가능한 한
금기시하는 것이 좋다. 특히 정치와 종교적인 말을 할 때는 서로가

적대적이지 않아야 한다. 야당과 여당, 종교적인 이단관계 등등 서로가 극과 극의 관계선상에 있으면 결국은 그것이 업무에 영향을 미치게 마련이다.

　그러므로 아예 상사와 논란의 소지가 될 수 있는 말은 하지 않는 것이 좋다. 만약 상사가 그런 질문을 할 때는 그냥 웃으면서 무관심도 아니고 관심도 아닌 웃음 머금은 침묵을 전하는 것이 좋다. 상사가 알아서 판단하라는 것이다. 그렇게 하면 상사와 원만한 관계를 이어 갈 수 있다.

급작스럽게 업무에 대한 이야기를
하지 마라

　상사와 원활하게 소통하기 위해서는 갑작스럽게 상사에게 접근해서는 안 된다. 어느 정도 상사가 부하와 소통할 수 있는 마음의 준비를 할 수 있도록 시간적인 여유를 주어야 한다. 상사가 부하와 소통할 준비가 되어 있지 않는 상태에서 다짜고짜 자기 할 말만 하는 부하 직원은 물에 들어가기 전에 워밍업을 하지 않고 갑자기 물속에 들어가는 것과 같다. 그래서 자칫하면 심장마비에 걸리는 것과 같이, 상사의 기분 상태를 갑자기 얼어붙게 만들 위험이 있다. 그러므로 가능한 상사와 소통을 하기 전에는 상사가 어느 정도 부하 직원과 소통을 할 수 있을 정도로 마음의 준비가 되어 있고 그러한 분위기가 조성되어 있을 때 해야 한다.

　상사의 입장을 이해하고 상사를 배려하는 직원은 항상 상사와 소통을 하기 전에 어느 정도 예고를 한다. 상사에게 충분히 준비의 시간을 주는 것이다. 그러면 상사는 사전 준비를 통해 부하 직원과 함께 하는 시간을 보다 효율적으로 활용할 것이다.

　특히 부하 직원의 입장에서는 마음이 급한 나머지, 아침에 출근하

통한만큼 친해지는
통친력

자마자 상사를 찾아가서 급작스럽게 상담을 요청하는 경우도 있는데, 그것은 상사의 입장을 고려하지 않은 처사다. 부하 직원의 입장에서는 아무리 급하고 간절한 내용일지라도 상사의 입장에서는 공적인 일이나 선약 등으로 인해서 시간의 안배에 대한 조율이 필요할 것이다. 따라서 다방면의 사항에 대해서 상호 언급을 해 보고 상사와 시간을 조율해야 한다. 상사가 미처 하루 일과를 시작할 준비도 되어 있지 않은 상태에서 상사에게 급작스럽게 대화를 요청하는 것은 상사의 입장을 충분히 배려하지 않은 것이라고 볼 수 있다.

상사와 소통하는 것뿐 아니라, 직장에서 상사와 관련된 업무를 처리를 할 때에는 항상 상사에게 사전에 보고해야 한다. 군대에서 구령을 내릴 때 예령과 본령을 구분하여 구령을 내리듯이, 상사와 관련되는 일에 대해서는 상사에게 예령을 내리듯이 사전에 보고를 해야 한다. 그래서 상사가 그와 관련된 사항에 대해서 충분히 자료를 참조하고 중요한 의사결정이 필요한 사항에 대해서는 심사숙고해서 결정할 수 있도록 해야 한다. 그것이 상사를 충분히 배려하는 것이라고 볼 수 있다.

부하 직원의 한 시간과 상사의 한 시간의 가치는 서로 다르다. 시간 생산성이 상대적으로 높은 상사의 시간을 함부로 낭비하지 않도록 상사의 시간을 관리하는 것도 상사와 좋은 소통을 하고 상사에게 인정받는 길임을 알아야 한다.

별것 아니라고 생각하는 것이 사실은 별것일 수 있다. 아주 사소한 것이라도 역지사지의 마음으로 상사를 배려한다면, 아마도 상사와 더욱더 원활하게 소통할 수 있는 기반이 마련될 것이다.

마음대로 사람을
집합시키지 마라

　상사와 원활하게 소통하기 위해서는 상사가 싫어하는 것을 해서는 안 된다. 특히 상사 몰래 조직원들을 모아서 회합을 갖거나 상사가 해야 하는 교육을 자기가 한다든지 혹은 상사의 허락을 받지 않고 회의나 미팅 혹은 워크숍을 하는 등 상사의 영역을 침범하지 말아야 한다.

　만일 상사가 없는 상태에서 그러한 모임을 갖는 것은 상사의 영역을 침범하는 것이고 상사의 철학 위에 자기의 철학을 심는 것이라고 볼 수 있다. 조직원들을 한자리에 모아 놓고 철학을 전달하고 교육하는 것은 상사의 역할이기 때문이다.

　자기 입장에서는 상사의 업무를 도와주고 상사가 지시한 업무를 다른 사람들에게 전달해서 조직이 원활하게 돌아가도록 하기 위해서 사람을 규합하는 동시에 조직을 위해서 유용한 정보를 제공하려는 차원인데, 상사의 입장에서는 자기가 애써 다져 놓은 조직력을 약화시키는 것이라고 생각한다.

통한만큼 친해지는
통친력

그간에 조직의 수장으로서 부하들에게 자신의 철학을 끊임없이 전달해서 의식을 강화해 왔는데, 다른 사람이 그런 의식을 깨뜨린다고 생각하는 것이다. 그래서 상사들은 전체적으로 모여 있는 곳에서는 자기가 전면에 나서야 한다고 생각한다. 나서는 사람이 자주 바뀌고 지도자가 바뀌면 혼란이 가중되고, 제도 및 정책을 구사하는 데 일관성이 없어진다는 판단에서다.

사실 상사의 철학을 직원들에게 상사를 대신해서 전달한다고 해도 그것을 받아들이는 입장에서는 달리 받아들일 수 있음을 알아야 한다. 그러므로 조직원들을 한자리에 모아 회의나 교육을 하는 경우에는 어떠한 경우에도 상사에게 미리 보고해서 의심을 피해야 하고, 필요한 경우에는 상사를 대동하여 상사가 포문을 열게 하고 상사를 섬기는 마인드를 저변에 깔고서 제반 모임의 목적 달성을 향한 활동에 들어가야 한다. 그것이 상사에게 인정을 받는 길이고, 그렇게 하는 것이 당연한 도리다.

하늘에 두 개의 태양이 존재할 수 없다. 마찬가지로 조직을 이끌고 관리하는 입장에서 두 명의 상사가 공존해서는 안 된다. 사공이 많으면 배가 산으로 올라간다는 말이 있다. 늘 상사라는 구심점을 가지고 직원들이 조직 생활을 할 수 있도록 하는 것이 상사와 좋은 관계를 유지하면서 원활하게 소통하는 방법이다.

상사가 소통을 꺼려하는 눈치를 보인다면 침묵하라

　상사와 원활하게 소통이 잘되다가, 어느 순간 갑자기 소통이 잘되지 않을 때가 있다. 대체적으로 원만하게 좋은 사이를 계속 유지해왔는데, 어느 날 갑자기 서로 눈을 마주치지 않으려고 하고 괜히 자리를 피하는 것 같은 눈치를 보이면 분명히 상사의 마음 안에 무슨 일이 생긴 것이다.

　평소에 만나면 웃으면서 대화하던 상사가 언제부터인가 함께 대화하는 것을 싫어한다면 곰곰이 생각해 보아야 한다. 상사에게 무슨 일이 있는 것인지 혹은 자기에게 무슨 문제가 있는 것인지, 상사가 자기와 소통하는 것을 꺼려하는 이유가 무엇인지를 고민해 봐야 한다. 그래서 상사와 자기의 소통을 방해하는 요소를 제거한 연후에, 다시금 상사에게 소통을 시도해야 한다.

　그렇지 않고 상사의 입장에서는 전혀 소통을 하고 싶지 않아 하는데, 자기가 억지로 상사와 소통하려고 시도하는 것은 상사와의 관계를 더욱더 악화시키는 요인이라는 점을 알아야 한다. 상사의 입장에서 볼 때, 부하 직원과 대화를 하지 않으려는 것은 뭔가 일이 생겼기 때문이다. 즉, 상사로서 부하 직원들을 엄(嚴)하게 다스려야 하는 경우나 상사의 신상에 별로 좋지 않는 일이 생겼을 경우다.

그러므로 상사의 표정 속에서 평소와 다른 안색이 드러난다면 신속하게 상사의 표정을 읽고 일부러 소통하려고 들이대지 말아야 한다. 상사에게 계속해서 소통하려고 시도하는 것은 상사의 심기를 불편하게 할 뿐 아니라, 상사와의 거리를 더욱 멀게 하는 원인이 되기도 한다.

간혹 상사가 부하를 토사구팽하기 직전에 그러한 징후를 보이는 경우도 있다. 마치 사랑하는 연인들이 서로가 사랑할 때는 친하게 지내다가, 어느 날 어느 한쪽의 변심으로 인하여 이별을 통고해야 하는 경우에는 시나브로 절교를 선언하기 일보 직전의 상황으로 몰아간다. 이때는 서로가 평소와는 다른 소통이 이뤄진다. 그러므로 상사와 별로 친하지 않는 것과 같은 느낌이 든다면 침묵을 유지하는 것이 상책이다. 상사가 이미 관계를 청산하려고 정리하고 있는 상황이라면, 미련을 두지 말고 상사가 마음 편하게 관계를 청산할 수 있도록 해야 한다. 그것이 상사의 마음을 편하게 해 주는 것이다.

'유시유종(有始有終)'이라는 말이 있다. 또 '유종의 미(美)'라는 말이 있다. 상사와 좋은 관계가 항상 계속해서 영원히 이어지는 경우는 드물다. 특히 직장이라는 곳은 불가분하게 정치적인 관계에 의해서 혹은 상사의 상사로부터 내려지는 업무 지침에 의해서 어쩔 수 없이 이별을 해야 하는 경우도 있다.

그런 점을 감안했을 때, 상사의 태도에서 이제 당신과 소통을 하지 않으려는 징후를 발견한다면 미련을 갖지 말아야 한다. 과거에 상사를 위해 희생했던 것을 생각하기보다는 그냥 운명이려니 혹은 이제 내 시대는 끝났고 새로운 시대가 도래했다는 생각으로 상사의 뜻을 받아들이고 자기에게 주어진 상황에 순응해야 한다. 그러한 것도 상사와 좋은 소통의 관계를 유지하는 길이다.

사람과 사람과의 관계에서 마지막에 어떤 모습으로 헤어졌는가는 재회의 중요한 변수가 된다. 즉, 좋은 분위기 속에서 서로가 아쉬운 이별을 했다면 다시금 만나서 보다 더 좋은 관계를 이어 갈 수 있는 확률이 높다고 볼 수 있다.

그런데 마지막에 법정 다툼을 하고 막말을 하면서 좋지 않은 이미지를 남기고 헤어진 경우에는 재회가 어렵다고 볼 수 있다. 그러므로 가능한 한 좋은 관계를 유지하면서 원만하게 이별해야 한다. 그것이 나중에 찾아올지 모를 재회의 순간에 좋은 영향력을 주는 요인이다.

통한만큼 친해지는
통친력

직장이라는 곳의 특성상 현재를 악연으로 끝내면 다시금 다른 조직에서 또다시 만날 가능성이 많다. 또한 부서를 옮기든 이직을 하든 보직을 변경하든 한번 평판이 잘못 박히게 되면 그러한 평판이 오래 간다는 것을 알아야 한다. 그러므로 이왕이면 좋은 평판을 유지하고 유종의 미를 거둔 상태에서 상사와 마지막으로 회자정리가 되어야 한다. 끝이 아름다운 사람이 되어야 한다.

상사라는
태풍의 눈에 빠져라

상사와 소통이 잘되면 직장 생활이 즐겁다. 대부분의 직장인들이 회사에 출근하기 싫어하는 것은 일이 힘들어서가 아니라, 함께 일하는 사람과의 갈등으로 인한 경우가 많다. 특히 직장 상사와의 갈등이 있을 경우에는 더욱더 출근하기 싫어진다.

직접적인 업무 연관성이 없어서 어느 정도 피하면서 직장 생활을 할 수 있는 동료와는 달리, 직장 상사와 갈등이 있을 때에는 출근해서 퇴근할 때까지 대면해야 하고 언제 집중 추궁을 당할지 모르기에 가시방석에 앉아 있는 느낌이 든다. 그러면 하루 8시간이 8년처럼 느껴질 것이다. 그러기에 상사와 좋은 관계를 유지하기 위해 충의와 업무와 유익한 정보로 상사와 소통하라는 것이다.

상사와 원활하게 소통하면 어떤 점이 좋을까? 직장 생활이 즐거워 직장에 출근하고 싶은 생각이 드는 것 이외에 다음과 같은 7가지가 좋아진다.

첫째, 마음의 평화를 얻을 수 있다. 직장 상사로 인한 스트레스 때문에 건강이 악화되는 경우도 있다. 또 늘 좌불안석이 되어 마음이 불안하고 기회만 되면 다른 곳으로 보직이동하고 싶은 생각이 들기도 한다. 아무리 일이 편하고 동료들과 좋은 관계를 유지하고 있어도 직장 상사와 마음이 맞지 않으면 늘 불안한 가운데에서 생활할 수밖에 없다. 인사권을 가진 상사가 언제 어느 때 어떤 트집을 잡아서 징계할지 모르기 때문이다.

둘째, 배우고 익힘으로써 전문가의 대열에 오를 수 있다. 상사는 상사이기 이전에 그 분야의 전문가다. 자기가 일을 하고 있는 분야에 대해서 그 누구보다 많은 정보를 알고 있고, 다른 일반 직원들이 모르는 고급 정보를 많이 알고 있는 사람이다. 그런 상사와 친하게 지내고 원활하게 소통을 한다는 것은 상사로부터 자기 성장에 필요한 고급 정보를 많이 취할 수 있다는 이득이 있다.

또한 상사의 추천에 의해 보다 더 좋은 고급 교육 과정에 참여하여 자기 실력 향상을 꾀할 수 있는 이점이 있다. 상사 입장에서는 많은 사람 중에서 그래도 자기의 마음에 드는 자를 교육시켜서 핵심 인재로 양성하려고 할 것이기 때문이다.

셋째, 회사의 흐름을 남보다 먼저 알 수 있다. 즉, 회사 경영 이슈와 조직의 고급 정보를 취할 수 있다는 것이다. 대부분 고급 정보는 상사의 입에서 나오는 경우가 많다. 동료들로부터 들은 정보도 좋은 정보지만, 더 좋은 정보는 상사의 입에서 나오는 정보다. 상사는 경영층과 함께하는 자리가 많아 일반 직원들에게는 공개되지 않는 고급 정보를 많이 알고 있다.

이처럼 경쟁사가 알아서는 안 되는 정보 등 상위 계층에서만 공유하는 정보를 일반 직원으로서 알게 된다는 점에서 미래 자기 성장을 위해서 무엇을 해야 하는지에 대한 방향을 설정하는 데 많은 도움을 제공받을 수 있다. 또한 회사가 돌아가는 상황과 상사가 어디에 중점을 두고 업무 추진 전략을 세울 것인지를 알게 됨으로써 상사가 가고자 하는 방향에 맞춰 자기의 실행 전략을 수립할 수 있다.

넷째, 승진의 기회를 다른 사람보다 빨리 잡을 수 있다. 이는 상사에게 잘 보이고 상사에게 인정을 받아 다른 사람들보다 더 빨리 승진을 한다는 이야기가 아니다. 물론 팔은 안으로 굽는다는 말이 있듯이 상사 입장에서는 개인적으로 친한 사람을 승진시키려고 하겠지만, 꼭 그것이 승진에 영향을 준다고는 볼 수 없다.

여기서 승진의 기회를 빨리 잡을 수 있다는 것은 상사와 소통함으로써 앞서 말한 바와 같이 고급 정보를 얻게 되고 회사가 나가고자 하는 방향과 상사가 중점적으로 관리하는 것이 무엇인지를 알기에 다른 사람보다 빨리 승진할 수 있다는 의미다. 좋은 정보가 나날이 쌓여 내공이 되고, 그로 인해 시간이 지날수록 다른 동료들과의 격차가 점점 벌어져 당연히 승진 서열의 상위 수준에 오르게 된다는 것이다.

다섯째, 자기 주도적으로 업무를 추진할 수 있다. 직장에서 업무

통한만큼 친해지는
통친력

하면서 자기 주도적으로 기획하고 도전정신을 가지고 일에 임할 수 있다는 것은 여러모로 유익하다. 사사건건 간섭하는 상사의 잔소리를 듣지 않아서 좋고, 상사에게 유익한 방향으로 일을 하기에 신나게 일할 수 있는 이점이 있다. 그것은 상사의 의중을 알고 상사의 속내를 알고 있기에 가능한 것이다.

나이가 칠십에 이르면 생각하지 않고 행동해도 법도에 어긋남이 없다는 말이 있듯이 상사와 원활하게 소통하고 상사의 측근에서 상사를 진정으로 보필하다 보면 자기의 언행이 상사를 닮게 되고 업무를 함에 있어서도 상사를 우선적으로 생각하게 된다.

여섯째, 생활 습관이 긍정적이고 열정적으로 변한다. 직장인으로서의 삶은 하루 8시간이라고 하지만 퇴근해도 회사 일이 잘못된 경우에는 가정생활에 영향을 미친다는 것을 생각하면, 직장 생활습관이 곧 자기 생활의 전부다. 그래서 직장에서 상사에게 충의를 다하는 것이 습관이 되어 일상생활을 함에 있어서도 윗사람에게 충의를 다하는 사람이 된다는 것을 알아야 한다.

결과적으로 직장 생활은 자기 습관을 단련하는 곳이고 사회적인 동물로서 다른 사람들과 어떻게 어울리며 살아야 하는가에 대한 지혜를 기를 수 있다는 점에서 유리함이 많다.

마지막으로 상사와 원활하게 소통함으로써 유익한 점이 있다면, 사업 경영 기술을 익힐 수 있다는 것이다. 상사가 어떻게 리더십을 전개하고 조직원들을 어떻게 관리하며, 생산과 품질, 그리고 원가 경쟁력을 갖추기 위해서 어떻게 업무 지시를 하는지를 배우게 된다.

사람의 마음을 움직이고 사람의 마음을 얻는 것이 경영이라는 점에서 상사를 통해 경영학을 공부한다는 생각으로 상사를 보필하면서 상사의 일거수일투족에 관심을 가지고 그것을 배우고 익혀야 한다.

이외에도 상사와 원활하게 소통함으로써 얻어지는 이점은 수도 없이 많다. 그러나 결코 상사와 원활하게 소통한다는 것은 쉽지만은 않다. 항상 권력에 대한 욕망이 있고 경영 환경과 업무 환경에 따라서 언제든지 자기의 패를 달리할 수 있는 사람이 상사라는 점을 알아야 한다.

또 상사는 일정한 주기가 되면 바뀌고 각기 다른 성향을 보인다는 점에서 상사를 보필하는 기술이 어렵고 힘든 것이다. 그런 어려움을 이겨 내고 극복하는 순간이 바로 자기 성장과 자기 혁신을 꾀하는 순간이다. 또 자기 스스로 인내력을 단련하고 조직 생활의 적응력과 위기를 극복할 수 있는 힘을 기른다는 생각으로 기꺼이 상사와 함께하고 기꺼이 상사와 소통하는 것을 마다하지 않아야 한다.

이제 상사는 더 이상 스트레스의 대상이 아니다. 자기 발전의 지렛대요, 자기 성장의 디딤돌이다. 또 상사는 자기 직장 생활의 스승이고, 자기 성장의 멘토다. 조직은 내가 마음대로 선택할 수 있지만 상사는 내 마음대로 선택할 수 없다. 그러므로 '피할 수 없다면 즐기라'는 말이 있듯이 상사를 스트레스의 주범이라고 피하려들지 말고,

통한만큼 친해지는
통친력

온전히 상사의 속마음에 들어가려고 애써야 한다. 태풍의 중심은 항상 평온하다. 기꺼이 상사라는 태풍의 눈에 들어가야 한다.

기업교육전문가 김해원 작가

(해원기업교육연구소 대표)